学名篇少年读本

洪 浩／选评

张炜／著

山地一夜

明天出版社
TOMORROW PUBLISHING HOUSE

序 言

　　在深邃茂密的书林中，怎样寻找属于自己的那片心灵绿荫？这是许多读者发出的询问。踏上滑腻的青苔小径，穿越和辨析，仰望或低徊，随手留下一道道刻记……这里捧出的一本短篇故事集，便是我最新的发现和惊喜。

　　写下这些故事的张炜先生，是当代最优秀多产的作家之一。他著作等身，几年前出版的文集就有48卷之多。他的作品丰富而迷人，一些长篇小说如《古船》《九月寓言》《你在高原》《独药师》等，在文坛反响强烈，已成为当代文学史上最为瞩目的杰作。凡杰出作家一定富有童心：张炜曾为孩子们写下了《半岛哈里哈气》《少年与海》《寻找鱼王》《狮子崖》等作品，它们童趣逼人，璀璨烂漫，一出版即成为少年朋友的最爱，曾获得“中国好书奖”“中华优秀出版物奖”“陈伯吹国际儿童文学奖”“中国出版政府奖”“全国优秀儿童文学奖”等50余种奖项。

回望自己的阅读史，感到最幸运的事件之一，就是认识了张炜这样一个“自然之子”、一位热衷于书写大自然的作家。多少年来，张炜笔下神奇的自然，以及游荡其中的聪慧的少年、顽皮的动物，无不让人沉醉入迷！这些故事曾深深地打动和激励过我，引我进入深长的回忆——儿时渠畔、夏夜星光、林花迷离、野物喧腾……眼前一片簇新，鲜活撩人。作为他的忠实读者，我获得过太多的感动和滋养。我甚至觉得：少年不读张炜，将会是人生的一大缺失和遗憾。这次有机会选评“张炜文学名篇少年读本”，正好可以向少年朋友们交出心中的珍藏，这于我而言是自豪而欣慰的一件事情。

作家张炜经历丰富，他自少年就在野地里奔走，与各种动植物感情深笃，因而笔下常常写到它们。这样的故事特别适合少年阅读。他的讲述绘声绘色，他的歌吟流畅动情，会让你见识最真切的自然、最真实的动物，以及与之紧密相连的传奇人生。这些特点在他全部的作品中都有鲜明的体现。

本书自然也不例外，其内容大致可分为三个方面：一是体现少年心灵成长的故事，二是启迪少年的人生哲理故事，三是脍炙人口的民间传奇。

少年故事大多取材于作家早年的经历，有传记色彩而较少虚构，几乎等于纪实。这些游荡和奔走的经历一旦从记忆深处打捞上来，便不可避免地浸润了作家的情感，深深地感染着读者。这些故事已经过去了几十年，现在读来却毫无过时之感，相反，让人感觉格外亲切和新奇。在这方面，小说《造琴学琴》有着特别的意义。谁能想到，在过去的年代，一个少年能亲手造出一把琴？为了学琴，经历的曲折更是一言难尽。对于今天的你，这样的一段经历是不是有些不可思议？与此类似的是《访师寻友记》。这是作家早年的亲历，也是他最初的写作史，蕴藏的能量与意义都是巨大的。对于源头的追溯，可以不断地唤醒写作的激情，让一个成功者时时警醒。今天与过去相比，变化已经太多，这不由得让人自问：我也曾有过如此充沛的激情和类似的经历吗？

如果说上面两篇主要是怀念与激励，那么《穿越》和《独眼歌手》的主旨，则给予我们新的启示：前者讲述的是几个孩子的一次冒险，是令人窒息的经历，想来令人后怕；后者记录了一个同学的惨痛遭遇，让人疼惜不已。两篇作品在另一个向度上对少年的成长寄予了关怀，读时心上揪紧，读后久久难忘。

《战争童年》是作家的早期习作，记述了一个林中男孩的战争岁月。当时作家那只握笔的手还是稚嫩的，但展现的才华却已不容置疑。作品对于林中盛景的描绘、对于劳动和游戏的记叙，尤其显得出手不凡。读完此作，也许可以从中感悟到写作的快乐。

有一些故事同属于成年和少年。比如《山药架》和《老斑鸠》，都写到了艰难岁月的抗争和拼搏，给人留下了特别的感触。《夜海》《夫人送我三个碟子》，穿插了刻骨铭心的童年记忆、往事与现实的纠缠，思索不断升华，足以启迪人生。《生命的力量》宛如动人的诗章，那饱满的想象与激情的倾诉，读来让人为之动容。

还有《山地一夜》的特异，《盲女闪婆》和《农民诗人》的传奇，《王血》的浓彩重墨……这些形色各异的篇章，都堪称行吟诗人的一次次精心酿造，能够让人一次次陷入深长的沉醉。

让我们一起打开这本色彩斑斓的书吧。

目录

造琴学琴

在学校里，我最羡慕的是那些拥有一把琴的人。他们拉小提琴、二胡、手风琴，弹拨三弦、打扬琴。琴是公家的，可是谁占了哪一个琴，那个琴差不多就成了他的了。他们都是老师或高年级的学生。琴是最神秘的东西，上面的弦发出的各种美好声音让我不解。琴比收音机还要古怪。

有了一个琴并且会使用，多么好！那样我就可以进学校宣传队，去拥军、去下乡、去让别人眼馋了。

我想买一个琴，什么琴都行。可是问了一下，贵得吓人。我明白我一辈子也不会有琴了。

绝望中听说林场里有个赶车人造了一把琴，我就跑去看了。

一打听，事情不实。因为赶车的人有把二胡，不过不是他造的，是他家老辈人造的，传到他手里，已经很旧了。他多少会拉一点，赶着车也拉，拉很短的曲子。

我也要造一个琴。

赶车人 40 多岁，没有老婆，叫老玉，是个挺好的人，就是爱打儿童。小孩子一缠他就发火，而且打人没轻重。他拉琴时闭着眼，有人一喊，他睁开眼，骂别人，用沙子扬人的眼。听说以前曾有个地方请他加入过宣传队，因为会拉琴的人手少。老玉去了几趟就跑回来了，说一起拉没意思。其实是他不合格。

我去找他求教，比如筒子怎么弄，钮子怎么弄，还有弓子——胡琴多么简单！主要是三四样东西拴上弦就行了。我怎么不能造一个？老玉说："小孩芽芽还想造琴？"我气得慌，不过不想惹他，就说："工人阶级帮帮我吧。"他骂我，边骂边把琴从被套子里面拖出来——原来平常他都是把琴藏了。他敲打琴筒，说这是用香椿树根做成的，杆儿是枣木做成的，钮子是槐木做成的。我问别的木头不行吗？他又骂我，说不行！

要造琴，先得找这些木料。

林场很大，可哪里有那么大的香椿树根？就是有，也不舍得割了大树呀！至于枣木槐木，比起香椿树根也就不算难弄了。我愁得一天到晚在林子里转，想狠下心偷伐一棵椿树。看林子

的老头盯上了我，暗地里跟着我。

没有那么大的香椿树！我差不多哀求老玉了，说："凑合点吧，用梧桐不行吗？听人说梧桐做成东西也扩音！"

老玉说："再来犟嘴不教你了！"我只得重新去找。

又找了很久。我愁坏了。有一段日子我有些灰心了。一个偶然的机会，我听说南边有个小村，那儿有一个老太太，她家院墙外边有一棵大香椿树。告诉我这个消息的人说："去看看吧，也不知那棵树死没死。"

我赶紧去小村里，一路上在心里念叨，那棵大树啊，快死了吧，死了我好挖下树根用呀——我的话如果老太太听见了，一准会骂我。

到了小村一问，真巧，那棵树早就伐了，大树根子老大老大，正堆在一边准备当柴烧！我高兴极了，一蹦三跳地找到老太太，说明了来意。我提出花钱买这个大树根子。老太太生气地说："送你送你，你也是为了学本领搞宣传哪！"我取走了树根，给老人鞠了个躬。

老玉帮我用斧子修理了树根子，修成一个大疙瘩。我说怎么挖得成筒子？找场里的木匠吗？他说那不行——木匠做四方东西行，做圆的就不行了，这得找旋木头的旋成圆筒才行。

我想起学校里的二胡就有六棱筒的。老玉指指自己的胡琴说："那不是圆的吗？圆的才好！"

我问："到哪儿去旋呢？"老玉甩甩头说："'九里涧，两头旋'。"我知道九里涧是个地方名儿。"那里专门旋木头，你去吧。"我费了好大劲儿才打听出哪里是九里涧，找到了旋木头的地方。

那个开旋床机器的师傅看了看我，摘下眼镜擦擦又戴上，说："弄胡琴？"我点点头。他再不问了，哧哧咔咔旋起来。先削掉多余的木边，接下来摇着小铁柄儿往前推，小心极了。他甚至在木筒上旋了几道花纹。工人叔叔真好啊！真了不起啊！

我付了钱——他只要一元钱！

离开时我又回车间看了看那个师傅。他问："胡琴钮子呢？"我说没有。他说："那也得旋。"我说："我找了槐木再来。"他说好。

第二天，我就找了两块槐木，去旋了钮子来。

这些天我兴奋极了。我几乎天天要找老玉。老玉还是常常骂我。不过我离不开他了。他赶车，我就跟上。我想跟他先学一点怎样拉琴的知识，等我自己的琴造好了，再正经学习。我常在夜里想，有一天，我要突然从老师或高年级同学手里接过琴来，拉一段好听的曲子！让他们发呆去吧！

我的学习给耽误了，功课不太好。不过功课要追上也容易得很。那些出去搞宣传的，写村史家史的，常常耽误一个多月的课，到头来还不是补上了！

多好的一个琴筒啊！我找木匠钻了个小洞，小洞上要镶琴杆。我看着木匠的钻头响着，真怕它把筒子弄碎啊！老玉帮我削了一支硬木琴杆——为这个我将永远感谢他！因为硬木在我们这儿没有，到底哪里有，谁也不知道。老玉说他来想法子吧。他很长时间没想出法子来，我怪急得慌。可是事情说成也就成了。他有一天给一个地方拉木头，看到一个屋里放了一支废旧的秤杆，就顺手取了扔到车上。他把车赶回来，冲我叫着："快来看，你这个馋痨！"谁特别想干一样事，他就管他叫"馋痨"。

我跑去一看，只见发红的一根小圆木，上面还有残留的称星儿。我明白了！老玉举起小圆木，用指头弹几下，说："真正的红硬木。你这个馋痨就是有福！成了，胡琴这遭成了！"

他削过红硬木，又用碎玻璃细细地刮过。琴杆刮得滑溜极了，他撸了两下。这么好的琴杆我做梦也没想到。把它镶到琴筒上，再加上钮子，几乎就是一个挺好的胡琴了。还缺什么？还缺一个弓子、一副蒙琴筒的蛇皮。弓子是藤杆做成的，细竹也行，这个好办。可是蛇皮呢？我真害怕蛇，怎么敢弄蛇皮？去店里买，那里也没有。

过去我一直为琴筒什么的着急，这次一下子想到了蛇皮。

老玉琴上的蛇皮带黄色花纹，那得多粗的蛇才行！老玉说它的蒙筒用料不是一般的蛇，是蟒——一种更大的长虫！

老玉整天骂我，我真想打他一拳。不过我事事都得求他，不敢得罪他。他骂我骂得好狠，没事就叫我馋痨。他让我跟他出车，说有时拉木头，常能碰到蛇，如果有粗壮的，就打一条。我满怀希望，可又十分害怕。那条倒霉的蛇最好让老玉一个人撞上好了。

跟老玉常在一块儿，才知道他是个很脏气的人。他身上有股怪味儿。他几乎从不洗衣服，上面满是灰尘油污。下雨天他才把衣服脱下来，挂在绳子上让大雨淋一淋，太阳出来晒干了再穿上。不过他也挺有意思，心眼不太坏。

有一次我问他为什么不洗澡。他瞪大眼说："谁不洗？我要洗就不像有些人。我要洗就正儿八经地洗。"我说怎么正儿八经？他说："俺忙了不洗，要有工夫，就跳到芦青河里洗上一天。捎带也摸几条鱼吃。一天的工夫，身上多结实的灰还不泡下来了？"

他的话也有道理。有一天他想起什么，说："星期天了，我领你去洗澡吧？"我说："好！"

我们去了芦青河湾。那里很多芦苇，水很宽，特别是河头那儿，像个湖。老玉脱了衣服，我发觉他身上一点不黑。他显得黑，主要是露在衣服外面的手足脸脖给晒黑了罢了。他的水性好，一头扎到深水里，半天不露面，吓死人。一会儿水面上鼓气泡，是他故意弄的。

他洗了一会儿，开始捉鱼。只见他像抱东西一样把手伸到靠岸的苇叶间，小心地一摸一摸，摸到了，就飞快一拃！两条乱蹦的鱼就让他给拃住了。他让我试试，我也伏下身子，小心地摸。我发觉鱼比人精，它们一被惊动，唰一下就窜了。这怎么摸得到？老玉说："你这个狗东西白瞎！你真是个馋痨，光想着造胡琴了。鱼是活物，还等你碰上它才跑？你的手觉得发热——鱼的身子烤你，你就猛一拃，鱼就在手里了。"

我费了不知多少工夫，也觉不出水里的鱼怎么能发热。鱼是凉的，人的手才是热的，老玉怎么会有那种奇怪的感觉？不过他真的能捉到。我到现在也觉得怪。

通过捉鱼这件事，我觉得老玉有很多值得我学习的地方。我比过去谦虚了。他主要的缺点就是骂人，不停地骂。他赶车时也骂牲口，一句接一句骂辕马，不过主要是骂前边的那匹灰马，说它奸猾、不正派等等。

这天我们洗得好惬意，一洗洗了多半天。老玉捧起河沙往身上搓，说："什么灰我还搓不掉它？"真的，他的身子洗得干净极了。这一次谁要再说老玉不干净，那就不对了。他洗好后站到岸上晒晒太阳，身子干了，又穿上那几件脏衣服。

往回走时，我们在河边树丛里发现了一条绿色的蛇。我尖声大叫，他低头看了看，说："粗细够了。不过这是一条水蛇，不知行不行。"我问："水蛇怎么了？"他说："水蛇一天到晚在水里，湿气大。我怕它的皮做胡琴，一拉音儿发闷。"他说得很严肃，我也觉得水蛇是不行的。

又往回走，穿过大片青草地。有一条灰溜溜的大蛇爬过来了。我大叫了一声。老玉说："你穷咋呼什么？打呀！"我折了一根树条，可就是不敢抽。老玉边骂我，边跟着蛇跑，并不动手。我说："你快打呀！"他说："跑了活该，又不是我做胡琴。"我急得快哭了，他才搓搓手，低头一捏，捏住了蛇尾。蛇头朝下，几次想往上举，都被老玉甩下来了。他不停地抖动，那蛇终于老实了。他又抖，然后放到地上，蛇就跑不快了。这时老玉挽挽衣袖，把蛇打死了。

剥蛇皮怪吓人。老玉身上又不干不净了。

我们把蛇皮放进沙里搓、水里洗，觉得干净了才拿回来。老玉用刀子细细地刮过蛇皮正反面，又用碱面搓了半天。晚上，把蛇皮放在月亮底下晾干，经夜露。我问为什么要这样？他说蛇是凉性东西，非这样弄不行。到后来蛇皮干了，有些硬。我们放在琴筒上比了比，发现宽度绰绰有余。

蒙筒子之前，老玉又将蛇皮用温水泡胀了。他说这样蒙在筒子上，晾干了以后蛇皮才紧。蒙筒子费了不少劲儿，我们不得不请了木匠帮忙，并且要了他一点最好的胶。老木匠说，我给你上上漆吧。那真太好了！他后来给琴杆琴筒上了老红漆，给钮子上了黄漆。眼看一把胡琴就要成了，我觉得我是天底下最幸福的人。

最后就是制弓子了。藤杆用火烤着弯成了弓，然后是拴上一束马尾。马尾要从大马的长尾巴上揪，老玉怎么也不让。我急坏了，说："你真小气，一毛不拔呀？"老玉又骂我，骂得脸红脖子粗，说："你想疼死我的马呀？你拔拔你自己的头发试试。"我说："你弓子上的马尾呢？不是拔的吗？"他咬着牙说："不是！就不是！那是从一匹死马身上剪下来的。"

我又去找了饲养员，饲养员说不行。他说养什么就爱护什么，想拔马毛，那还行？

坏了，我的好生生的胡琴最后就卡在了几根毛上。我决心自己来处理这件事儿。我不信一道道关卡都过来了，最后会败在这几根毛上。我一天到晚往饲养棚里溜，只要饲养员不在，我就揪下几根马尾。那大马一被揪，脊背就一抽一抽的。看来它是有点疼。于是我也不好意思一次揪得太多，总想慢慢凑数儿。不过我太心急，不到半月的工夫，马尾就凑够了。

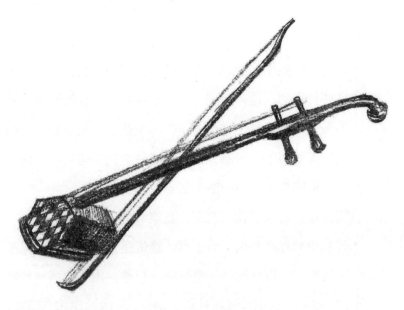

　　没办法，还得去找老玉，求他帮忙做弓子。老玉怀疑地盯着闪亮的马尾说："哪里弄的？"我说："这是一个同学村里的马死了，他替我搞来的。怎么了？"老玉说："不怎么。"他动手帮我制弓子了。

　　想不到制弓子也这么费劲儿。主要是马尾难对付。上面的油脂太多，洗也洗不掉。洗不掉，且有一点点油脂，就没法做弓子。老玉把它们放在碱水里浸，浸去一层油，过不久又出一层油。就这么浸浸泡泡好几天，后来又用松香粉去搓。搓呀搓，揉呀揉，马尾全染成白的了。好不容易才把它们归束到藤弓子上。

拴了一粗一细两根弦，调一调，老玉拉开了。真好啊！老天，一把胡琴好生生地响，令人不能相信似的，它前不久还是树根废秤杆什么的。这声音差一点让我哭起来，我笑也来不及了。老玉表情肃穆地拉，一个曲子接一个曲子，也不嫌累。我说："拉别人的琴不花钱哪，也不让我拉个！"他骂我，说："你会吗？你的馋痨爪子一沾上就不是好音儿。"

我飞快地抓过来，拉了两下，真难听啊！

不过我仍然是高兴的。有了琴，难道还学不会吗？我把琴放在一边端量，觉得这是最好最好的一把琴，比学校那一些都好上十倍。夜间，我把琴放在枕边上睡觉。它的油漆味儿喷香，松香味儿也喷香。半夜里，我醒来轻轻按一下弦，发出"叮"一声。

我给琴做了个纸盒，平时就把它装在里面。

我该跟老玉好好学琴了。老玉说："造琴容易学琴难。要想会，搬来跟师傅睡。"我同意了。妈妈不让我去，说那个人太脏了，我也就没去。老玉多少有些不高兴，一声接一声骂我。我有时从家里带点好吃的东西给他，他的态度才好一些。晚上，我待在他的宿舍里很久才出来。他的宿舍像狗窝一样，热乎乎有股怪味儿。他说他从来不晒被子，也不打扫。我说："我帮你搞搞卫生吧？"他说："穷毛病！"

我问他："你为什么不娶媳妇？"他听了狠狠骂我一顿，我不敢再问了。停了一会儿他自说起来："媳妇，哼，咱娶不来，也不馋。人怎么还不是一辈子。有了那东西过不自在，天天让她管着，这样吧，那样吧，烦人！我也见过那些有媳妇的人，比咱好了哪儿去？"他搓搓眼，抱起胡琴拉了一下。

　　我先学拉简单的音符。老玉的指头像棍子一样黑硬粗壮，可按在弦上，却能发出挺好的音儿。他告诉我指头怎么个姿势，怎么拉弓子，腿怎么放。我的左手老要往上抬，他就打了它一巴掌。胡琴原来真的难学，你用力不行，不用力也不行。它不听话。有时干着急，指头又不听使唤。有时想按下食指，可小拇指和中指跟着乱动。

　　我明白了那些会拉琴的人为什么那么傲气了！原来学这门本领是很难很难的。像老玉这样的赶车人会拉琴又会干活儿，简直就是百里挑一的人了！我学琴期间，对老玉的敬佩又增加了很多。

　　老玉让我每天拉上个把钟头。多么累人的事儿呀，我左手四根按弦的手指顶上磨破了皮，右手握弓子的几个手指头也磨得通红通红。我听不出有什么进步，甚至还倒退了。我越来越害怕听自己弄出来的声音！可老玉的话总得听啊，我还是每天坚持拉上个把钟头。

老玉让我有时间就跟他上车。大车在没人的林间路上摇晃，老玉拉着他的胡琴。他拉的时候我只能看和听，不准说话。他拉上了瘾，闭着眼，说话他也听不见。我真怕车子没人驾出了事。老玉有时给我讲解，说胡琴这东西，有些人到老了也学不成，能成的只是几个人，那是命里定的。我听了赶紧批判他，他不服。他骂我馋痨什么也不懂。他说："你怎么不学别的琴呢？那些洋玩意看起来唬人，其实一学就会。你学胡琴，完了。"我说："别的琴更难造，我没有琴学什么。"他不答话，只是不住声地骂。

老玉啊，你这个坏蛋，等我学会了琴的那天，我就不听你骂了，我抱着琴跑走，再也不见你。

不过，我也许会想念他的。我会想起造琴时他帮的那些忙，想起一块儿洗澡捉鱼的事。那天捉了一些鱼，我们在岸上烧了吃，没有盐。那鱼的腥气味到现在也不忘。人就是怪，恨一个人，到离开他以后还会想念他的。

老玉对我使出了久不使用的绝招。他说这方法相信学校里那些家伙都不会用。他把胡琴夹在腿里，然后只用一根手指按弦，居然拉出了一首短歌。他还将胡琴像三弦那样抱了，把弓子甩到一边，用指甲拨弦，拨出一首短歌来。

这真是奇迹！我怎么也不理解。我相信他是个了不起的怪人了。老玉多么好啊！他告诉我，琴要拉得好，主要依赖两种东西：一是耳朵，二是指头。那就要练耳朵了，清早起来到林子深处，闭上眼睛细心地听，看看能听出多少种声音来？

我试了试。我听见呼呼的风吹树声，还有鸟叫，还有远处的牛什么的在叫。别的没有了。

老玉说："你不行。林子里少说也有几十种音，你辨不出，还能拉琴哪？你听不见顺着树枝底下传过来的河水声？听不见唰唰声？那是小野物在暗里奔跑。还有咝拉咝拉的响动，那是树叶落地——一片接一片树叶死了。蛇、兔子跑，鹰逮鸟儿，都有自己的声音。你好好听，听出来了，耳朵也就练成了。"

我没事了就到林子里去，练我的耳朵——这样的耳朵练成那天，弦上有一点点变化也听得出来。老玉说学校里那些人拉琴是瞎拉，他们没有练过耳朵。我练了一段时间，发觉林子里果然有不少杂乱声音，到后来，一个小虫在背后的树干上爬，我也听得见了。我听见它的小爪一活动，发出铮铮的声音，像拨动小铜丝似的。

我把这告诉了老玉，老玉有些吃惊。他去听了听，说听不见。"你成了。你的耳朵超过师傅，肯定成了。"

接着他又让我练手指。他告诉我按弦的地方是手指顶，手指顶的那一块肉不肥，按出来的声音就别想好听。他摊开左手，让我看他的指顶肉。"肥不肥？"他问。我仔细地看，怎么也看不出。我只能如实回答说："不太肥。"他一拍膝盖，说："这就对了！我的指顶肉不肥，天生不肥，练也没用。我的琴拉得不错，不过再有大长进也就难了，因为指顶肉不肥。"

他让我没事就在桌子上、树木枝干上揉动指顶肉。"一边揉一边颤颤，这样！"他做了个样子。那模样真好笑，像得了一种抖手病一样。

我天天揉，手指顶到后来抓东西就疼，忍也忍不住，红了、肿了。我只得停下来。停了十几天，我去看老玉，一进门见他正在吃面条。他碗里的面条老粗老粗，像小蛇一样。一问，才知道是他自己动手擀的。他说，要有老婆，就是老婆做面条——她们做面条细，不过不好吃。他的粗面条真香。他让我尝尝，我没尝。正说着话，他一把攥住了我的左手，翻来覆去地看了又看，最后大声说："指顶肉有些肥了！"他立刻让我拉拉琴看。我拉了几下，他站起来说："进步真大啊！"

我的脸庞都红了。我想我肯定是进步了。不知不觉，我已经学会了几首短曲子。我和老玉在车上时，他拉一段，我拉一段。有时我们调准了弦，同时合奏一首歌，那真是美妙极了。大车在林子里跑，我们一齐拉琴，呼啦呼啦使劲拉，谁不眼馋！

老玉说："我还会唱！"他让我拉，他自己唱起来。老玉一唱歌就憋红了脸，脖子上青筋也出来了，昂昂大叫。他的歌与我的琴合不起来，响声也远远地压过了我的琴。不过我并不生气，还是尽力地拉。他停了，我也停了。他说："馋痨拉得不错。"……这一天我们在林子里玩得高兴极了。他说："你要是天天来陪我就好了，我教你学艺，你给我拉琴伴唱。你不用上学了，那是屁地方。"

我没有答应他。不上学倒是我没想过的。我还想学会了拉琴，到宣传队去呢！我的功课已经落下不少了，我已经违背了学校规定的"又红又专"。我想起来有些惭愧。

一个星期天，我抱着装琴的纸盒上学了。宣传队在排练节目，一溜人拿着马鞭子，一个教师一拍手，他们就一拨一拨往场上跳；同时，拉琴的一些人也忙起来。我站了一会儿，就回到了离排练地不远的教室，一个人拉起了琴。

我刚拉了一会儿，就听见外面的琴声停下了。我还是拉着，不一会儿，一帮人在教室门口往里望。一个大个子教师惊讶地说："是你在拉啊？你还会拉琴？"我点点头，继续拉。又有几个人围过来，看我和我的琴。

那天可真把他们吓了一跳！那天真是难忘啊！

他们说："你差不多可以进宣传队了。"

后来的一天晚上，高年级同学就邀请我来学校拉琴。我们一块儿拉着，每天都拉到深夜里，一点也不疲倦。冬天到了，我们拉得满头大汗。回家时，我一个人抱着琴，踏着半尺厚的大雪往前走，高兴极了。雪停了，天上晴了，星星一颗一颗，我那时突然想起了老玉。

第二天我放学后就去找他了。

他像病了似的，气色不太好，见了我一声不吭。他的头发更乱了，上面有些灰土和草屑。我叫他，他蹲在那儿也不应。我给他把头上的东西拨拉掉，捏下一根草梗。他的眼里全是血丝，鼻子两边有灰。我说："老玉，你怎么了？"老玉不吭声。停了一会儿我又问，他骂了我一句。他要出车去了。我抱琴跳上了车，他也不阻拦。

老玉专心赶车，时不时地用鞭梢打打马儿。大车走得不快不慢。我坐了一会儿车，就取出了琴，一下一下拉起来。我拉得很慢，因为心里不高兴。正拉着，突然老玉把牲口喝停了，回头眯着眼看我。看了一会儿，他大声说："拉得好！"

我心里挺难过，告诉老玉，我这些天学琴去了。老玉说："学琴怎么？学琴也不能忘本！忘本的人，没有一个是好人！"

我说："我没有忘本。这不，我又回来了！"

老玉脸都紫了，说："什么才叫忘本？拿刀杀了我才叫忘本吗？你一朝得了好，就忘了原来的师傅，这不是忘本是什么？"

我不作声了。

老玉得理不让人，把我使劲骂了一顿。我真想哭一场。我心里并没有忘记他。不过，我不能说每时都记着他。再说我早就有个离开他的念头，也不能老和他在一块儿啊。

老玉骂牲口、打牲口，大车飞奔起来了。大车跑到了最远的地方，还在往前跑。林子深处的路上没有辙印，长满了草，也有些窄了。大车在上面跑得多欢。老玉胡乱唱起来，破衣服脱了一半、穿在身上一半，像痴了一样。他让我给他伴奏，我就拉起来。他的歌是胡乱唱的，我也没法合谱儿，也只能胡乱拉一气。这样尽情乱来了一会儿，老玉哈哈大笑了。他从破麻袋里取出了琴，与我一同拉着。我们拉的是不同的歌，不同的调。他有时正拉着一首歌，半路又蹦到另一首歌上。

我从此以后一边上学，一边拉琴，有时间就来林场找老玉。老玉对我明显地好起来，不过还是常常骂我。他在林子里逮到一些好吃的东西，也留给我一点。

我的琴越来越进步了，可以加入宣传队了。进队的一天，我高兴得不知怎样才好。我带着我和老玉自造的琴，坐在乐队里，浑身都是自豪劲儿。

宣传队下乡演出、到部队拥军，到处都受到欢迎。我们有时坐大车去演出，有时坐迎接我们的卡车，也有时自己骑自行车。我们常常在深夜里才从演出地往回赶，有时半路上挨淋。不过我从来没让一滴雨落到琴筒上。

有一次我们宣传队坐上了老玉的车。他一边赶车一边拉琴，逗得全车的人都笑。他不高兴地问："笑什么笑，我拉得不好吗？"大家赶紧说好。

说真的，那时连我也觉得他拉得不太好了，不过我不说。他是我师傅。更主要的是，他这个人心眼好。

我永远也不会忘本的。

有一次去部队慰问战士，演出结束时每人分得一卷儿桉叶糖。我没舍得吃，带回来送给了老玉。老玉剥了纸吃一颗，说："味儿不错。行，经常出去演吧，有好吃的东西多带些回来。"

我手里有一把琴，是令人羡慕的。只有我自己知道这把琴来得多么不易，学琴又是多么艰难。

我要一辈子拉琴。

　　上中学的少年"我"羡慕那些拥有一把琴的人，而且渴望加入学校宣传队。买琴太贵，于是决定自己造一把。为造胡琴，少年拜林场赶车人老玉为师，挨骂无数不说，凑齐用料的过程真可谓饱经曲折、历尽艰辛。琴终于造成了，少年又跟老玉学琴，练手指，练耳朵……功夫不负有心人，后来终于如愿以偿地成为学校宣传队的一员，自豪地参加了一次次下乡演出。回顾经历，少年感叹："只有我自己知道这把琴来得多么不易，学琴又是多么艰难。"

　　文中的两个人物都是可爱的。"我"做事用心，锲而不舍，勇于付出，也能弯下腰来求教，具备了成功的必备素质。而老玉，貌似粗鲁憨直，实则心思细腻，品行与性格中颇多可取之处，称得上"是个了不起的怪人"，以至于让"我"越来越佩服，越来越尊敬。在对造琴学琴过程的叙述中，作家以丰富的细节描画了人物，使两人的形象越来越饱满，越来越生动，最后是呼之欲出，伸手可触。

　　干净的叙事，简朴的白描手法，让作品特别好读。少年立志造琴学琴，那种不达目的决不罢休的精神，很有励志意味。而在物质匮乏的年月里，人的动手能力，也让今天的我们钦佩和感动。

访师寻友记

一

我从很早起就向往写作，并且听信了一个说法，就是干任何事情要想成功就必须寻一个好老师。这个说法今天看也不能说就是错的，只不过文学方面更复杂一些罢了。

记得自己从很早起就在找这样的老师，这里不是指从书本上找，而是从活生生的人群当中找。我曾想象，如果真的遇到了这样的一个人，我一定会按照严格的拜师礼去做。听说有的行当拜师需要一套烦琐的程序，比如磕头上香、穿特别的衣服

之类。这一套我是很烦的，但为了有个像样的、令人钦佩的老师，我也会不打折扣地马上去做。

最大的问题是很难找到这样的老师。他们在那个年头里非常稀缺，这与现在是完全不同的。现在文学方面可以做老师的人多得不得了，每一座城市里都有一批，而且经常可以看到挂牌营业的人。那时则不同，文学爱好者很多，能做老师的人很少。有时候我们觉得某个人完全可以做老师了，但你一旦真的要拜他为师，他就会吓得赶紧走开。

我从十几岁到二十几岁这段时间里，游走的地方很多，虽然是为生活所迫，但其中的许多游历还是与文学有关。我把交往文学朋友和寻找老师这二者很好地结合起来，一听说哪里有老师就赶紧跑了去。这种访师寻友的传统可能主要是东方式的，翻翻我们过去的历史，其中有很多流派、师承这一类的故事，有"一日为师，终身为父"这样的说法。我对师傅和老师一直是非常尊敬的，比如说我永远不会对老师辈的人说出不恭之言，只不过为了"一日"而"终身为父"，似乎还做不到。

在我们东方，做一门艺术或一门手艺，没有师承就很成问题，一个专业人物出门混事，人们总会问起一个最基本的、自然而然的问题：你的老师是谁？这等于问你是不是出于正门、有没有专业上的渊源。没有一个名声很大的老师藏在身后，要从事专业会是格外不顺的。当然，我当年急于寻师绝没有想过这么多，而只是为了快些摸到入门的路径。在许多人眼里，文学写作是很神秘的一门学问，它尤其需要高人的指点。

从书本里学习是重要的，我当时所具有的一点写作能力，可能绝大部分还是来自书本。我看了好的作品就模仿，就是这样开始的。可是我还是有点心虚，因为没有老师而忐忑不安，就怕有人猛地问我一句：你是跟谁学的？你的老师是谁？所以我一方面因为进步和开窍太慢，恨不得一口吃成一个胖子；另一方面也深受中国从师传统的影响，极想投到一位老师门下。

在初中读书时，我不知听谁说到有一个很大的作家，这人就住在南部山区的一个洞里，于是就趁假期和一个同学去找他了。当年学校就在海边，我们已经认为这里偏僻得跟天涯海角差不多了；而南部山区看上去只是深蓝色的一溜影子，完全是遥远的另一个世界。我们真的要闯一闯大山了，并且是去找一位住在山洞里的高人，只一想就激动不已。

记得我们两个人骑了自行车，带了水壶，蹬了快一天的车子，这才来到了山里的那个小村——它原来不过是村名里有一个"洞"字，高人本人并不住在山洞里。这使我们多少有点失望。同样失望的还有大山，它也不是从远处看到的那种深蓝色，而是土石相嵌，看起来很粗糙，树木也不太茂密。

急急地打听那个老师，有人最后把我们带到了一间水汽缭绕的粉丝房里，指了一下蹲在炕上抽旱烟的中年男子。他的个子可真高，双眼明亮，手脚很大。我和伙伴吞吞吐吐地说出了求师的事情以及我们心里的迫切。他一直听着，面容严肃。这样待了一会儿，说那走吧，跟身旁的人打个招呼，就领我们离开了。

原来他要领我们回自己的家，那是一间不大的瓦房。进屋后他就脱鞋上了炕，也让我们这样做。大家在炕上盘腿而坐，他这才开始谈文学——从那以后只要谈文学，我觉得最正规最庄重的，就是脱了鞋子上炕，是盘着腿谈。这可能是第一次拜师养成的习惯。

他仔细询问了我们练习写作的一些情况，然后拿出了自己的稿子：一叠字迹密密麻麻、涂了许多红色墨水的方格稿纸。它们装在炕上的一个小柜子里，我们探头看了看，有许多。可是发表在报刊上的并不多，他订成的一个本子里，大致是篇幅极小的剪报。我和伙伴激动得脸色通红。这是一些通讯报道。

老师一个人生活，老婆不孝顺爹娘，被他赶跑了。他在与我们的交谈中，主要强调了两个问题：一是自己要孝顺，将来找个女人也要孝顺；二是写作要多用方言土语，这才是最重要的。

二

第一次拜师的经历是永远也不会忘记的。我和伙伴从南山骑车回来，一路上都兴冲冲的，一点都不觉得累。我们最高兴的，是从今以后终于有了一位老师，这不仅是我们文学上能够得以飞快进步的重要的条件，而且还让我们有了一个不会轻易宣称的秘密。我们可能告诉别人在写作这方面已经有了师傅，却不会说出他的名字来。

本来事情是非常顺利的，但最美好的事物往往是格外要费些周折的。大约是从南山回来的第一个学期，我因事出了一趟远门，回来正准备再次去看望老师，就听到了一个噩耗：老师因为脑中风突发去世了！这是伙伴告诉我的，绝对没有错。望着伙伴的两道长泪，我紧张得一时说不出话，一会儿也哭了。

在没有老师的日子里，我们努力实践着他的教导，一方面在家里对长辈顺从，尽可能忍住不顶撞他们；再就是在文章里使用了很多方言土语。后者让学校的语文老师很不耐烦，但我们仍然坚持下来。

不久我们又听到了邻近一个村子里有一位代课老师，这人也是一位作家，我们就急急赶了过去。原来这人只有二十多岁，父亲是本村的村长，留了分头，鼻子很尖。尽管看上去有点别扭，我们对他还是诚惶诚恐的。他十分傲慢，根本就不正眼看人，只把我们领到一间屋里。我们一进屋就吃了一惊：整整一面墙都用红笔描画出光芒四射的图案，而放射光芒的最中间是比巴掌还小的一个红方框，里面粘贴了一小块剪报——那当然是他发表的作品。

因为他极其严肃，我们都不敢开口。可是沉默了一会儿，他开始询问：家庭出身？年龄？所在学校？我们结结巴巴的，他就训斥起来……我和伙伴不知怎么就跟跄着出来了，头也不敢回一下。

这样一直到了半年以后，一个偶然的机会让我们知道城里来了一位真正的作家。这人要为本地一个先进人物写文章，所以就要待上一段时间。我和朋友最终还是设法敲开了他住处的门，恳切地表达了拜师的愿望。这人长得比住在大山里的第一位师傅差多了：矮个子，圆脸，花白的头发很长，多少有点像老太太的模样。他戴了一块表壳发黄的手表，我们以为是传说中的金表，极好奇又不敢多看。他非常慈祥。交谈中，他主要谈了文章中要多多描写景物，并且一定要与人物的心情配合起来，并举例说：文章中的人如果烦恼，就可以描写天上乌云翻滚；反之则是万里无云。

我们回来试了一下，觉得并不难做，而且收效显著。

正在我们为即将拥有一位新的文学师傅而庆幸的时候，巨大的打击来临了。那是第三次去找他的时候——老师已经结束本地写作回到了他的城市，我们就坐长途汽车奔去了。按照地址登上一座楼，惊喜地见到了师母。她说老师正在里屋休息，让我们过两个小时再来。我们按规定时间去时，却发现门上有一把大锁。我们先是在门口等，然后到街上转，回来看还是那把大锁。最后一次大锁没有了，敲门，门却再也没有打开。

为了能弄清原因，我们回到了本地小城，找到当时接待老师的一位干部。想不到他见了我们，面孔一直板着，特别是看我的时候，目光里有十分厌恶的样子。这样待了一会儿，他总算说话了："你们再不要去缠他了，那样身份的人能收你们做学生？他家有严重的历史问题……"

我觉得头皮有一种悚悚的感觉，什么话也没有说，扯扯伙伴的手就出来了。

这之后就只能从书本上学习了。这当然是最有效最可靠，且不会遭到拒绝和呵斥的。但还是有一种投师无门的痛苦，隐隐地哽在了心底。随着时间的延续，日子长了，我觉得没有老师还是不行，甚至觉得这是很糟糕以至于很不祥的。

那时我多少把文学写作当成了一门手艺，后来才知道，这种认识虽然有些偏颇，但其中纯粹工艺的部分也还是有的。让师傅"传帮带"，这是任何行当手艺传承最基本、最有效的途径。

就这样，直到我初中毕业，不得不一个人到南部山区游走的时候，还是没有找到师傅。我在山地走走停停，做过不少活计，生活自由而辛苦，是最难忘的一段日子。这段时间里我还是爱着文学，除了不断地找一些同好的朋友互相学习和取暖，还要忍住一个时不时地从心底萌发的念头：找一个文学师傅。

只要听到了哪个地方有个年纪稍大的、有过一些文学经历的人，我就要跑去看一看，以便在适当的时机提出拜师的请求。曾经有过一两次差不多眼看就要成了，只因为两次拜师所遭受的打击，最终还是没有开口提出。除了这个原因，另有一个深层的原因，就是我对他们能否长期当成师傅还多少有点怀疑。首先是长相：我印象中师傅的概念是由第一次求师的经历形成的，即这个人要体体面面，像个老师的样子才行。第三次拜师不成的那一位虽然并不高大，像个老太太似的，但样子总算和蔼可亲。而后遇到的都不尽如人意，有的油胖胖的，有的举止粗鲁，反正都不太合乎老师的概念。

有一个很大的机会说来就来了，这一次真是上天对我的恩赐：有一天我正在一个村里的朋友家玩，突然听说这里来了一位百年不遇的人物，他是一户人家的亲戚，以前是在某个大出版社工作的，如今因为思想问题而离职了。那户人家正在招待他，这会儿正在炕上喝酒——照理说我应该在人家酒席结束的时候再去拜访，可因为实在等不得，就让人领着进了门。

那人真的是与常人大不一样：穿了灰色中式衣服，戴了黑色宽边眼镜，面庞白细，文雅无比。他吸烟，使用透明的长杆烟嘴。我把一叠稿子捧上去。他放下筷子，耐着性子当场读了几篇，很快对旁边的人、也是对我，说出了一句永远令人难忘的话："有才。不过真要成熟，还要十年。"

他怎么就不说九年？或者再短一点，八年不行吗？十年，这是多么漫长的一段日子啊！

那天我兴奋不安地待在他身边许久，直到他离去。自然没敢提出"拜师"二字。他走了，后来就再也没有见到他。

一直到上大学之前，我始终没能拜上一位文学师傅。但是上了中文系，也就自然而然地有了老师。这真是我的幸运。

三

我上大学之前没能成功地拜师，却得益于形形色色的文友。

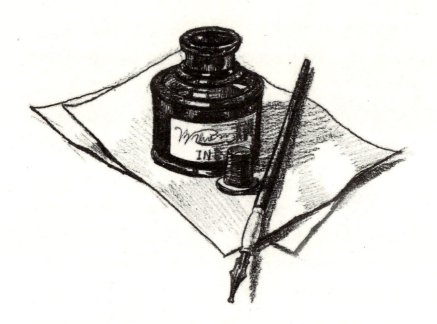

这是一想起来就激动的经历。那时我在山区和平原四处乱跑，吃饭大致上是马马虎虎，有时居无定所，但最专心的是找到文学同行。我在初中的文学伙伴离我很远了，并且他渐渐知难而退，常常是有心无力了。一说到写作这回事，无论是山区还是平原的人，他们都叫成"写书"，或者叫成"写家"，说："你是找写书的人哪，有的，这样的人有的。"接着就会伸手指一下，说哪里有这样的人。

我在县城和乡村都先后遇到过一些"写家"，这些人有的只是当地的通讯报道员，有的是写家谱的人，还有的是一个村子里为数极少的能拿起笔杆的人。真正的文学创作者也有，但大多停留在起步阶段，就是说一般的爱好者。他们年龄最小的十几岁，最大的八十多岁。

不论这样的人住在多么遥远的地方，我只要听说了，就一定会去找他。有一次我知道了一个真正厉害的"写家"，他住在一座大山的另一面，我就起早背上吃的喝的翻山去找了。原来这是一个快八十岁的老人，白发白须，不太愿意说话。他年轻的时候在城里待过，所以算是经多见广的人。村里人都说他"文化太大，不爱说话"。他仔细问了我的前前后后，又翻翻我的"作品"，这才多少接纳了我。

原来他正在写的书已经进行了好几年，是"三部曲"。他将其中的"一曲"给我看了，我发现是半文半白的语言写成的，主要记载了他一生的经历，夹叙夹议。他说这叫"自传体"。其中我记得最有趣的是写当学徒的一段：东家女儿看上了他，他至死不从，以至于半夜逃离……"这闺女原是很美的。"他在一边解释说。

我照例坐下来读了自己的作品。他闭着眼睛听下来，像吃东西一样咀嚼着，又吞咽下去。这样半晌他才睁开眼，说："你好歹毒啊！"

我吓了一跳。后来我才知道，他这是在表达一种极度的赞扬。他伸手抚摸自己摊在炕上的作品，说："你看，我写得多歹毒啊！"

那些年我发现散布在山区和平原的各种"写家"可真多，他们有的富庶、有的贫穷，有的年纪大、有的年纪小，但一律酷爱自己的文学：写诗、散文和小说，有的还写戏剧，写好之后就在自己的车间或村子里演——看他们自编的戏剧简直有趣极了，那些特别的情节和场景永远都忘不了。有一次我被一位山村里的黑瘦青年邀请，说今夜村里就上演他编的一部大戏。

那出戏的演出离现在几十年了，记忆中内容大致是与村里坏人斗争、群众取得了胜利之类。记得最清楚的是一个游手好闲的"二流子"，手拿一个大红苹果从台子一侧上来，而另一边是一对青年男女亲热地上场。"二流子"斜眼看着那边的两个人唱道："我手拿大苹果，她爱他不爱我……"那婉转悲切的唱腔让我一直不忘。我无比同情那个失恋的"二流子"。

还有一次我住在一个小村里，房东的女儿恰巧就是一个"写家"。她刚十七八岁，公社广播站就已经播发了好几篇稿子了。她胖胖的，穿了大花衣服，平时爱说爱笑，只是一写起来就伏在桌上，谁也不理，一边写一边流泪。我们交换作品，她喜不自禁，一边看我抄得整整齐齐的稿子一边红脸掩面，说："哎呀哎呀，你可真敢写啊！"我知道她看到了什么：那是写青年男女刚刚萌发的、若有若无的情感，是这样一些段落。

　　我所见过的最大的一个"写家"是在半岛平原地区。记得我知道了有这样一个人，就不顾一切地赶了去，最后在一个空荡荡的青砖瓦房中找到了他。他几乎没怎么询问就把我拖到了炕上，幸福无比的样子，让人有一种"天下写家是一家"的感觉。他从炕上的柜子里找出了一捧捧地瓜糖，我们一块儿嚼着，然后进入"文学"。他急着先读，让我听。可惜他的作品实在太多了，一摞摞积起来有一人高，字数可能达到了一千万字以上。这个人多么能写作啊，这个人的创作热情天下第一。为了节省纸张，那些字都写得很小。

　　天黑了，他还在念。一盏小油灯下，他读到了凌晨，又读到窗户大亮。奇怪的是我们都毫无困意。

　　那一天我们成了好朋友。我觉得他是真正的"大写家"，是一位必成大事的文学兄长。他大我十多岁，结过婚，只因为对方不支持他的写作，他与之分手了。他曾给我看过她的照片：圆脸，刘海齐眉，大眼睛，豁牙，笑得很甜。

　　分手的时候我在想，为了文学而损失了那么好看的一位女子，这值不值呢？我想了一路，最后肯定地认为：非常值。

四

几十年过去了，这个世界变了。与更年轻的人谈那些文学往事，他们会觉得一切都像梦境。那些写书的痴子今天哪里去了？有的还在，有的没了，不知哪里去了。活着的，不一定像过去一样写个不停；死去的，活到今天就不知会怎样了。

这些年来我见过几个以前的文友，无论时下的境况如何，谈到过去的情景，大家无不神情一振。有的无论如何也打听不到下落了，他们不是像当年一样在大山的那一边，而是隔开了一个世纪那么遥远。比如说一个在七八十年代渐渐有些作品发表的人，几年后投身商场，如今音信全无。我问曾与他联系最密切的一个朋友，对方说："不知道，也许去了海参崴了！"

对半岛人来说，"海参崴"既是确指俄国远东的一个城市，又是闯到关外更远更远地方的一个缥缈的指代。

那个边写边哭的姑娘嫁了一个远洋船长，船长脾气不好，喝了酒就打她。她在痛苦中写了一些诗，都是爱情诗。原以为她爱上了别人，最后才知道这些诗都是写给自己男人的——他越是打他，她就越是爱他。她认为男人打老婆，是半岛地区不好的习俗，不能全怪男人；另外，她认为男人生活极不顺利，自己又无法帮他，实在亏欠了他。

那个写"三部曲"的老人早就去世了，他的后代不愿提那些往事，当我把话题转到这上边来，对方就把话岔开了。

我一度最思念的就是那个写了一千多万字的人，但几次都没有找到。后来终于见面了，结果让我大吃一惊：他整个人虽然年纪很大了，但剃了板寸头，两眼炯炯有神。原来他已经做了一家公司的老板，虽然公司不大。问起他的书怎样了？他说："书？好办。等我挣足了钱，就把它们印出来，印成全集，精装烫金！"

他伸直两臂比画，那就是全集的规模。

最不愿提及的是初中时候的文学伙伴。他就是与我第一次进山里求师的人。许多年来他一直过着贫困的生活，可是热爱文学之心毫无改变，只是写得不多。我们见面时，他已经因为两次中风卧在了炕上，用最大力气握住我的手，摇动，说话断断续续："咱老师……咱老师，和我一样的病，他走得更早……"

原来他还在怀念大山里的那个人。是的，尽管我们只见过他一次，但他毕竟是我们的第一个老师啊！

文学让我们更为珍视友情，朋友之间，师生之间，所有的情谊都不能忘记。仅凭这一点，文学也是伟大的。

牵手阅读

　　这篇追忆早年访师寻友的文章，真实，生动，有趣。作家几十年都没有忘记的一些细节，让现在的我们为之惊讶，感叹。过去民间的写作者原来是这样的，他们的人生真有意思啊！而对于一个作家来说，没有比早年文学路上的跋涉更让他难忘的了。起步时期的点滴经历，都曾重重地弹拨过他的心弦，对他后来的追求产生过影响。当他走入回忆的时候，那过去了的一切，无不闪耀着迷人的光芒。

　　文中先后记叙了多位民间写作者的形象。不论是深山或城里的"老师"，还是一起跋涉交流的文友；不论是发表过巴掌大文章的年轻人，还是写有一千多万字的大写家，在作家这里，都是栩栩如生，活灵活现，如闻其声，如见其人，读来常有忍俊不禁之感。这便是细节的魅力。一个好的细节，把整个的对人物的描写都带活了。有时候，抓住了一个细节，就等于抓住了一个人物形象。

穿越

一

完全是一次偶然、一次即兴、一次冒失，我们几个人干了一件很可怕的事。

学校大门前不远有一道一尺多宽的石砌引水道。水道从东向西，一直流到了远处的一条小河里，是排脏水用的。那时我们并不认为水有多脏，只觉得这条常年不息的潺潺流水很好玩。后来煤矿开工了，由于要建煤场、堆积矸石，施工的人就把石砌的水道用水泥板盖上。这样，我们学校前面的一段水道还可

以看见水流，再往西就消失在煤场和矸石山下面，成了一条漫长的地下水道。

有一天傍晚我们几个放学回家，背着书包走到水道旁时，一个同学指着它说：

"敢不敢从这里钻进去，再从那一边钻出来？"

我说："这有什么不敢！"

其他人一齐响应。不知是谁，带头跳进了水道，我们也就排成一行，四肢伏地，像穿山甲那样在黑洞里往前移动。

窄窄的地下水道刚刚能容下一个人的身体，我们进去了才知道多么艰难：既无法回头，也不能抬头，只能一点一点往前挪动。头顶的水泥板有的断裂了，往下弓着，遇到这样的地方就要使劲贴紧地面才能钻过去。大约爬行了半个多小时，一直都在黑暗中，没有一点儿亮光。我们开始后悔、害怕和沮丧。如果从这里退回去，那将有更大的困难：后退比前进要难上许多倍。

我的脖子疼得要命，很想抬头喘一口气、蹲下来歇一会儿。可是没法抬头，更不容蹲下。想喘一口清新的空气更是不可能，越是往里越是臭气熏天——这里简直没有空气。我的头一阵涨疼，在心里诅咒那个提议者。但我已经没有力气骂出来，只有屏气往前挪动。

前边有一个人，我问他看没看到光亮。他喘着，说没有。我这才想起从学校到河岸不知有多远呢，也就是说，我们以这样的速度，很可能要爬上多半天。天哪，这将是一次多么可怕的穿越！

然而反悔已经太晚，没有办法，只得往前。脚下和手下有时能触到尖利的瓷片玻璃之类，被割伤是难免的。没有一个人叫苦，没有一个人喊疼。好几次实在忍不住，要昂头伸展一下脖颈，却被碰起一个大包。即便这样也没有人喊出来。这时候人人心上都压了一个沉重的问号：前边怎样？什么时候才能出去？每个人都被恐惧和忧虑攫住了。

假使前边有一块水泥板塌下来，我们的通路被半腰卡住，那将怎样？那就不管愿意不愿意，花上双倍的力气倒爬回去——说不定刚爬了半截就力气使尽，然后憋死。

我听到有人轻轻抽泣。不知是谁喊："不准哭！"抽泣声收了回去。

我这时想起了母亲，想起了我们的小泥屋。母亲在等我回去呢。太阳一定早就落山了，全家人都在盼着，可他们不知道我们正在一条最黑最长的地洞里蠕动。

太累了，而且嗓子紧得喘不过气来。我们爬行的速度越来越慢了。更可怕的是伸手不见五指的水道里偶尔有什么——是滑溜溜的东西蹿过——我的脑际闪过一道影子,立刻想到了蛇。我的心咚咚跳起来。这时候如果有一条蛇从腹下钻过,那该多么可怕。不知怎么,我总觉得有一条蛇或更多的蛇,挤成一团,在水道的某个角落里。

我把呼吸放得很轻,生怕惊动了蛇。我的头顶到了前边的同学,他身上的热气驱除了我的恐惧。我一伸腿又碰到了后边的同学,他的一声"哎哟"也让我壮胆。

前前后后的同学,他们在想什么?

我手脚麻木,已经完全是机械挪动了。谁也不知爬到了哪里、前边还有多远。但我清清楚楚知道的,就是身上有一座煤山或矸石山。大山的重量压在我们之上。我们头顶只有一片薄薄的屏障,我们随时都会被压得粉碎。

就在我紧紧咬着牙关的时候,身后的一个同学突然"哇"一声大哭起来。他的声音好像某种信号,让我不再移动。前边的同学也停住了。"哇哇"的哭声令人揪心。在这令人绝望的地下,他哭着。没有人阻止他,因为谁都想这样哭。我把牙齿咬出了声音,流出了泪水——好在黑暗里只听见声音,看不见泪水。

哭声持续着。它的停止就像开始一样突然。一点声音都没有了。

大家又开始爬行。可是并没有移动多远，前面的同学竟然不动了。我推他，没有反应。我的脑子嗡嗡响。如果前边的同学昏过去，那就糟透了。我一遍遍推、喊，他总算动了一下。

没有办法，等待吧。不知停了多长时间，前边的人才往前挪动了几寸。接下去他的动作慢极了，简直是一寸寸地往前移——当他终于挪开了一段，我才明白，原来那里有一个半塌的关卡，上面巨大的煤矸石压下来，水道只剩下了很小的一点空隙——他刚才正在用尽一切办法通过——把淤积的泥沙和瓷片一点点扒开，扑下身子往前挪动、挣扎，这才挣出了这个半死的狭口。轮到我了，又是一场拼争，手、膝盖和脊背全都刺破了。

二

从那个最狭窄最艰难的地方钻出后，我加快动作，想追上前面的同学。没有一点声音，听不见声息，他离得远了。这给了我勇气和力量。我用拐肘贴住地上尖利利的瓷片，不再惧怕。我不担心后面的人，知道他们无论怎样都得对付这个关卡，因为没有任何退路。果然，后边的几个人也像我一样，他们全都过来了。

终于听到了前边的声音，我追上了他。我们用咳嗽声保持联系，传递鼓励。

又爬了一会儿，我听到了后边传来的吭吭声。喷气、咳嗽、大口喘息，响成一片。没有一个人甘于落后，没有一个人会遗落在黑暗中。

接下去不知通过了多少险恶关口，有几次真的令人绝望——前面的人几乎停止了一切动作，一动不动。我害怕极了，不得不大声问：

"怎……样？"

没有回答。我等待着，一分一秒地等下去。我希望他只是在积蓄力气——我们不至于就昏死在这儿吧，不至于那么悲惨，我才十一岁，最大的也不过十二岁……

是的，前边的同学又一次动起来。他原来真的在等待自己的力气一点点恢复……挪动一寸、两寸，闯过又一个危险的死卡。

我不知吸进了多少浊气，两眼差不多能盯穿黑暗。我麻木的头撞到水泥顶板时，已经不再觉得疼痛了。不知流了多少血，相信每一个人手上、额头和后背，都有数不清的伤痕。可是这些全都不算什么，没有一个人会在乎这些。

当然是他——前边的同学最早发现了那个像豆子一样大的光亮。那是我们的出口，我们的希望！尽管那儿离得还十分遥远，已经让人激动得哭出来，让人张大嘴巴啊啊叫。

大约又用了一个多小时，我们一个个钻出了水道。

眼前是平静的小河，它向大海流着。在这条河流面前，我们这一帮满脸污垢浑身泥臭、身上挂满了血口的可怜虫，一声不吭地呆坐了一会儿。

河水平稳地流去，水面上映出了黑色的天空和灿烂的星月。我们几个一句话也不说，相互都没有看一眼。一会儿响起扑通一声，是一条鱼打破了静谧。没有风，河岸的芦苇一动不动，也没有一只野物出没和鸣叫。我们望望天空，月亮是那么亮，四周的星星像火把一样排成一串，剧烈燃烧。我好像生下来第一次看到这么明亮的星星和月亮，看到银河里那些剧烈燃烧的火焰。

我们在河岸上站成一溜，默不作声。这样足有十几分钟，才不约而同地沿着河堤向南走去。我们要沿着河堤一直走很远，踏上归途。

这就是那次可怕的穿越。

牵手阅读

　　这真是让人终生难忘的经历。"完全是一次偶然、一次即兴、一次冒失"，几个孩子钻入情况不明的地下水道，开始了极其危险的穿越。他们很快明白这是非常可怕的事情，可是后悔已经来不及了。他们无法退缩，只有艰难地向前爬行……在经历了炼狱般漫长的折磨和惊吓之后，他们终于从另一端爬了出来。重生般的体验让他们瞬间长大和成熟，活着的巨大幸福让人深沉和安静。这一刻，他们深深地感悟到了在星空下自由呼吸的美好，眼睛仿佛有了崭新的发现。

　　作品给人的阅读体验是空前的：心始终被揪紧，感觉呼吸艰难；巨大的悬念让人欲罢不能，直至读到最后，才喘出一口气来。

　　儿童的天真、无知和莽撞，很可能带来极其危险的后果。这九死一生般的穿越，也许会变成此后的噩梦，让人在睡梦中感到憋闷，浑身是汗，最后喘息着惊醒。这真是让人后怕、让人不愿回想的经历，每个亲历者永远都会拒绝第二次。而作为读者的我们，说真的，一次都不想尝试。

独眼歌手

　　常奇是我的好朋友，我非常嫉妒他，因为他是最能唱歌的人，谁也比不上。我是最早学会了简谱的人，所以非常骄傲。可是后来才发现，常奇唱歌从来不需要简谱。

　　他随便听人唱一遍就学会了。更可怕的是他有时连听也不要听，随口就唱，见了什么唱什么，唱什么都好听。村里人，林场和园艺场的人都迷上了他，都说："天底下还有这样的物件，真行！"因为常奇太瘦了，大家说："能叫唤的鸟儿不长肉！"

　　常奇瘦得像竹竿，脖子细得像胳膊。我有时琢磨，他之所以唱起来又响又亮，主要就是因为这细细的脖子了。这种特别的模样是天生的，所以到头来谁都拿他没办法。

平时没人羡慕常奇，因为他太瘦，身上没劲，体育课、劳动课等全是最差的，学习成绩也是最后几名。可是一旦唱起歌来他就显出了本事，全班全校的人都得宠着他，连校长都张大嘴巴盯着他看。

学校常搞歌咏比赛，那时每个班都拉到操场上，站成几排。这种比赛是我们班出大风头的时候，谁也别想赢我们。常奇站在第一排的中间，两眼湿漉漉的——这家伙真怪，一唱歌就这样，不过从来不掉泪，就是唱忆苦歌也不掉泪。老师为此很焦急，因为唱忆苦歌是需要哭的，常奇如果边唱边哭，那效果该有多好，可他就是哭不出来。班主任说："你努努力，加把劲，泪珠眼看就出来了！"

常奇就是不掉泪，老师拿他一点办法都没有。我们班的另外两个绝招就是打拍子的班主任、粗嗓子的"黑汉腿"。班主任当学生时据说就是文艺骨干，来到我们学校正愁没有用武之地呢。她指挥全班唱歌那才来劲，两手一拕掌调动千军万马。那不是一般的打拍子，而是变着法儿来：独唱、群唱、男女声对唱、轮唱……花样多了。再看她打拍子的功夫，那本身就让人傻眼。

一开始她只用一只手打拍子，另一只手背在身后，一只手

就把事办得利利索索。等到唱到激动处，另一只手才使上。到了最高潮时，那就不是两只手的问题了，而是连大辫子也甩起来了，这时候谁能抵挡我们？

"黑汉腿"这家伙平时干什么都不认真，唯独在集体荣誉面前寸土不让。他使足了全身力气从头吼到尾，声音粗得像牛。老师说："我们班幸亏有了他，不然这声音就不厚，就太尖亮了。"

常奇的嗓子不男不女，如果不见本人只听歌，谁也判断不出性别。他有时要独唱一段，只等老师一挥手，全班再接上。独唱是最关键的时刻，这时就全靠常奇了。可他好像全不费力似的，一双大眼湿漉漉的，不过唱出来的每个字都震得大家耳朵疼。

忆苦歌是常奇的弱项，因为他不掉泪。老师让最能哭的几个女同学站在他的两侧，这才多少弥补了缺陷。一场比赛唱下来，女同学的眼睛哭肿了，一多半的同学嗓子哑了，只有常奇像没有唱过一样，嗓音还像原来一样。

学校放假时，我们一帮人总在海边林子里转悠，采药采蘑菇，逮几只小鸟，碰巧还能逮到别的什么大家伙。这年夏天由"黑汉腿"提议，每次出门都要叫上常奇。"黑汉腿"迷上了唱歌，所以喜欢常奇。其实"黑汉腿"除了嗓子粗、能吼，哪有唱歌的本事。

我们在林子里的意外收获很多。有一次草丛里落下了一只大鸟，比大鹅还大，走路慢吞吞的，好像全不怕人。于是大家就想逮到它。"黑汉腿"用一根细细的尼龙网线做了扣子，结果就勒住了大鸟。大家抱住大鸟，叫它"大宝"。"大宝"一开始啊啊大叫，但不长时间就安稳下来。

常奇为"大宝"唱了好几支歌。它真的在听，一动不动地昂着头。

"大宝"的腿很粗，是黄色的，有脚蹼，可能会游泳。我们用一根粗绳小心地拴了它，牵它到河里，它果然有些高兴。我们还牵它到园艺场广场上玩，引来了一大群人，大家都惊喜得不得了。

"大宝"的事很快传遍了四周，于是麻烦就来了。我们知道嫉妒的人肯定会有，但不知道那些人会下狠手。林场和村子里的几个坏孩子暗中联合起来，正计划抢走"大宝"，可惜我们一点消息都没得到，还像过去一样炫耀着，牵着它走来走去。它跟我们熟了，一点都不怕人，常奇唱歌时，它就拍打翅膀。

有一天我们牵着"大宝"去河边，躺在河沙上晒了一会儿太阳。常奇不停地唱，与天上的云雀比赛，让"大宝"兴奋得嘎嘎叫，除了拍打翅膀，还低头啄常奇的头发，常奇不得不使

劲搂住它，但嘴里的歌一直没有停下来。

肯定是常奇的歌声暴露了我们的行踪。那些想抢走"大宝"的人就在半路上等我们，他们趴在沙岗上、大树后面，手里拿了棍子。可我们像没事人一样边唱边走，"黑汉腿"和我轮换牵着"大宝"。

在沙岗前，一个流着口水的小子扠着腰拦住大家，说："喂，给我听着，你们偷了俺家的大鹅，快把它还给我吧！"

"黑汉腿"看看大家，笑了。他回头问"大宝"："你是鹅吗？"问过后又抬头喊："它说了，它不是鹅，它是从关东山飞来的……"

沙岗前呼一下站起十来个人，一点点往前凑，说："偷鹅可不行！留下鹅，要不咱打人了！"

"黑汉腿"把"大宝"交给一个人，让他抱上快跑，然后拣起一根棍子，大骂着冲上去。所有人都鼓起了勇气，抓起什么跟上去。我这时什么都不想，只想保护"大宝"，只想跟他们拼。

"黑汉腿"太凶猛了，一个人抵得上好几个，挥舞着棍子，两只眼瞪得像牛。对方开始还想拼一下，后来见我们不要命了，吓得转身就跑。我们喊着往前追，常奇疯了一样挥舞着手里的棍子，一边追一边大声嚎唱。

那群坏家伙翻过沙岗，在离我们几十米远的地方站住了。他们每个人扳弯了一棵刺槐树，站成了一排。我们知道这种把戏：只要一靠近，他们就会一齐松手，这时刺槐树就借着弹力猛地扫向我们。"黑汉腿"看得清楚，他一摆手喊道："停，别往前，快停！"

只有常奇一个人往前冲，边冲边用胳膊挡着脸，大声唱着。我们喊常奇，他根本听不见，只顾往前。

常奇冲到跟前，那些人猛地松开了刺槐树。不止一棵刺槐猛地拍到了常奇身上，他摇晃了一下，倒在地上。他紧紧捂着脸。

那群人呼啦啦跑开了。我们赶紧去救常奇。

常奇手指缝里流出了血。我们把他的手小心地挪开，这才发现血是从左眼流出的……我们抬起他往园艺场诊所跑去。

就这样，常奇的左眼毁掉了。他从那时起再也不唱歌了。

老师鼓励常奇继续唱，常奇总也不吭声。又到了每年一度的歌咏比赛了，老师劝他、哄他，领头唱着。老师唱了好一会儿，常奇才轻轻地随上。就这样，他重新唱歌了。

常奇的名声后来越来越大了。全公社，不，整个海边都知道，我们这儿有个独眼歌手，他的歌天下无敌。

 牵手阅读

　　文章写了一个瘦弱少年的天赋异禀，以此道出了人的先天素质的不同。作家渲染了他出类拔萃的才华，接着又写到了一场保卫大鸟的战斗。就是在这场战斗中，这个少年意外失去了一只眼睛。这场事故，是命运的无情捉弄，也让少年一下子变得不幸起来，更是改变了他的性格，他不再歌唱了。尽管后来，他终于从伤感中挣扎而出，又唱了起来，但作为一个"独眼歌手"，他的故事是多么令人哀叹、伤感呀！

　　由此我们应该想到：如何规避风险，度过懵懂年华，是值得每一个少年和他们的家长郑重思考的问题。

战争童年

一

妈妈坐在门槛上，盯着晚霞，一个人轻轻歌唱着。

战争即将开始。我们家的东西已经藏起好多天了，牛六孩家的、山福家的、嘎嘎家的也都藏好了，可是敌人还没有来。"大半是他们害怕了。"我们几个琢磨着，感到一阵轻松。

第二天，大家决定到柳林里干点什么。因为忙着和大人一起藏东西，大家大约有一个星期没去柳林。我们几个差不多是在柳林里长大的。无边的大柳林啊，对我们是应有尽有的最最富庶的天地。每逢到了秋天，我们是那样愉快地忙来忙去……早晨，起得要早，嘎嘎这东西真鬼，你什么时候爬起来，他就什么时候在村边等你了；山福是个懒窝货，他总让我们等上好长时间；牛六孩是个丢三落四的人，等我们人齐了要进林子，他却突然嚷着："坏了，忘了带绳子……"还是嘎嘎心眼快，办法多，用拳头捅捅他说："走吧，林子里有的是树根葛藤子……"早上进林子干什么？拣干柴。哪来这么多干柴？问乌鸦吧！这黑东西在我们这儿可多呢，一帮帮，一群群，吵吵闹闹，咕咕喳喳，没完没了地往林子里涌！到了林子里，它们也不安宁，一会儿飞下来，一会儿飞上去；只有到了晚上，才落到柳树上睡觉。常常一根干树枝上落了一个，又飞来一个……等干树枝被它们压断，它们又去寻找新的枝丫。满地的干树枝就是被它们压断的！这些树枝又干又脆，拾回来填到灶里最好了！……晚上，我们是不爱早早睡去的。还要到林子里吗？当然。这时候到林子里，是要背一个口袋去的。脚步要轻、再轻，慢慢地、悄悄地接近林子。小心脚下！脚下的干树叶轻些踩呀……哟，摸着粗粗的柳树桩了，那好！那就顺着往上爬吧，口袋掖到腰里。在树丫上，小心地摸起来，如果有一个毛茸茸的东西碰到手上，那是乌鸦！握住脖子，它不叫；装到口袋里，它不叫。就这样，我们管这叫"摸夜鸟"。如果有谁不注意惊动了它们，它们就会四散惊叫，飞进林子深处——这是最扫兴的啦！吃过早饭，我们没事还是要到林子里去。拾拾橡籽、采采蘑菇、割割羊草、摘摘红枣……我们要干的事太多了。这一点上，我们永远不信哪里还有比我们更幸福的！他们别处的孩子见过这么多有意思的东西吗？见过这么多美妙的东西吗？对了，他们见过红得发紫、又圆又大、核儿这样小、肉儿这样厚的甜野枣吗？见过那些生在柳树半腰的、像金子一样黄、像猪肉一样肥、像小伞一样怪的柳树蘑菇吗？没有，他们肯定没有！林子里的沙土，全是金黄金黄的，上面长了一层浅浅的、密密的、绿得像湖水似的茸茸草。如果我们玩累了在草上躺一会儿，保险不会沾一点沙土！更叫人喜欢的是这草地上的一朵朵小红花儿，它虽然临近下霜了，却是越开越盛、越开越红、越开越多，常常一小片一小片开在草叶里，红得耀眼，使我们觉得柳林里正是春天！……我们拣的橡籽，全是一色的黄中透红。好干什么？什么都好干！如果把它们用麻绳穿起来，那就是一串亮闪闪的珠子；如果把它们的上顶儿去掉，把里面的橡肉挖去，在一旁钻个小洞，镶个结结实实的芦杆，就成了一个奇妙无比的小烟斗，如果送给一个老大爷，他会高兴得大笑呢！最后玩够了，可以喂猪，猪可爱吃橡籽了，它大口地嚼着，嘴里还哼哼啊啊的，仿佛在说："香！真香……"无论是拣干柴、逮鸟雀、拣橡籽、采蘑菇、摘野枣，都是很有趣的。可你们千万别以为这是最有趣的。

这个早上，我们十几个伙伴又来到了柳林里。一个出生在芦青河边的孩子由于一个星期没有来柳林而引起的那种思念，是任何一个外地的孩子所无法理解的。你好，我们骄傲的柳林！你好，我们美丽的橡籽！你好，我们的千百朵芬芳绚烂的花儿！你好，我们的柳林中的一切的一切——小鸟、虫虫、爱唱的蝈蝈和沉默的蘑菇们！你们所熟悉的那些顽皮的伙伴们又来了……

开始应该是有意义的忙碌——无论是我，还是伙伴们，如果从林子里连一筐蘑菇也背不回的话，那回家捧起饭碗，脸应该发红的。大家分散开，但分散在一个不大的范围里：因为四散走开，各自相离很远，就会迷失路径。伙伴们各自忙着自己的：牛六孩拣干柴，嘎嘎采蘑菇，山福在拾美味的黄花菜，我们家不缺烧的，还存有一小筐蘑菇，也不稀罕那黄花菜，倒是想拣一些橡籽喂我们的小尖嘴（我给猪取的名字）。小尖嘴被我养了三个多月了，它长得溜光水滑，胖胖悠悠，脊背上有三个拧起的毛花花。它认识我，我一走到栏边，它就哼哼哼地叫一阵。我懂得它的话。我知道它在要东西吃。我从篮子里抓出大把的橡籽，一边抛给它一边咕哝："吃吧，小尖嘴！瞧你的花衣服今天弄得多脏，你一定是到烂泥里躺过了……小尖嘴！"我说不上有多么喜欢它。有一次妈妈揍了它一棍子，我哭了。它疼得哼哼直叫，我哭得伤心极了……为了给我们的小尖嘴搞一顿美餐，我干得很快。不一会儿，我的小篮子就满了……伙伴们收获都不少，他们更能干！

牛六孩，孩子们当中的头号大力士。他长得像那碾麦场上的桶子砘，上下一般粗，礅礅壮壮。有一次，我们几个人遇到了一个倒下的柳木，那树身又直又光，正好干点什么，可又搬不动。六孩说："我扛一头，你们大伙搬一头。"说着弯腰扛到了肩上，我们就只好搬起另一头。一路上，我看他被压得晃晃荡荡，让他歇歇，他也不答话，只是用着劲发出一声声"嗯、嗯"来，可是听得出他在咬着牙。他果然一股劲扛到了家！有人说力气大，心眼儿就小——这我倒不信。不过我们的牛六孩确实是有勇无谋的人，无论对谁都是直心眼儿，是个好人。他穿个粗布衫，袒着怀，露着饱鼓鼓、黑乎乎的肚皮，挺着胸脯。不知有多少大人们扯住他的胳膊，用手轻轻弹一下他的肚子说："嘀，大西瓜熟了！"他就不好意思地笑着："嘻嘻，嘻嘻……"

山福，最近我跟他闹了点小别扭，我背后可不说他的长短，人们自己可以一点点观察……嘎嘎！他是个机灵的猴子。他比

我矮，比我细，脸儿白白的，头发黑黑的，两道眉毛细细的、弯弯的，眉下的双眼皮总爱一眨一眨做着丑态。有谁在林子里能追得上他？他那身子七扭八歪地灵便地穿着树空，有刺丛跳过去，有大树绕过去。还有时候你眼看用手能揪着他的衣服了，他身子一歪，头一低，扑哧闪你个筋斗，他又笑着跑了。"猴子！一个地地道道的小猴子！"大伙都这么说。

我呢？不是个粗胖子，不是个矮矬子，不是个细高个子，不是个脑袋像蒜头的丑孩子，也不是个一张嘴永不知闲着的快嘴婆。如果我眼前有一面镜子，那么镜子里肯定有这样一个孩子：睫毛长长的，睫毛里边有一对黑白分明的眼睛；脸有点圆，根本就不瘦；腮边的皮肤有些粗糙——可绝不是哭鼻子哭的，是风吹的，他从好久以前就不曾哭过鼻子；眉毛浓黑，这使整个脸都显得严肃。神情上能看出一些倔强，非常倔强！他穿着黑紫色竖杠的衣服，比较洁净；从衣领和袖口处露出的每一点皮肤，都是黑红色的……一个挺拔的、庄重的、在劳动中摔打出的孩子！

牛六孩把一捆柴往一棵树旁一放，喊了我一声。我一看，他从腰里唰地拔出了木头手枪。

这么说，大家手中的活都忙得差不多了，该开始干我们有趣的事情了！我也从腰里拔出了手枪，那枪柄的红绸被风吹着，闪着耀眼的红光。我吹起了哨子，嘟嘟的响声压过了各种鸟儿的喧哗，也盖过了林涛呼呼的吼叫，一场战斗即将开始。

这是一种最激烈的战斗，一场家里的大人都不曾知道的林子深处的战斗。

我们将分成两支队伍，开始我们的冲杀……

我们当然有我们的英雄，我们的英雄也是无敌的。

牛六孩不久就要被活捉了！我指挥队伍将作最后的战斗，我们的脸上挂满了胜利者的微笑！

正玩着，却传来一阵意外的枪声！啊，真正的枪声！快从游戏里脱离出来吧——大家伫立着，谛听这突然的、一阵猛烈似一阵的枪声……这枪声仿佛就在南边不远的地方炸响，就在林子里——难道，难道敌人真的来了吗？我觉得一股热血呼地冲到了头顶。

枪声清脆，这枪声大概离我们有十来里地，是的，不会再远了。

我主张去看个究竟，就让其他的伙伴们赶快回家，只和六孩、山福、嘎嘎向南跑去……

二

也不知跑了多远，反正我们觉得离枪声越来越近。我的心跳得飞快，那扑通扑通的响声仿佛都听得见。我们自己也不知道为什么要向着枪响的地方飞跑，是要去看看敌人是否来了吗？是要去参加一场真正的战斗吗？好像是，又好像不是……

枪声不知怎么了，渐渐地稀疏了。牛六孩停住脚步说："我们回村吧，回村把情况告诉他们。"

我摇摇头。

山福的脚步一直是迟缓的，常常落在我们的后头，这时他犹豫着。

我说："害怕的回家，不害怕的咱一道去看看。"说完就抬腿向前走去。

伙伴们当然没有一个回村的。这里已经是陌生的林子啦，我真记不起是否来过哩。林子开始稀疏了，虽然树种依然是以柳树为多，但却比北面的柳林树种杂得多。这里橡子树比那里多，橡籽不断地在脚下滚动相撞，发出咔咔的响声；白杨这种美丽的树啊，它淡青的皮肤有多么光滑啊！……地下，依然是密密的浅浅的绿草，仿佛是铺上的一层绿色的毯子：毯子上，依然到处缀着一朵朵的红花。

　　"你们看，那片花开得多么大，多么红！"嘎嘎指指不远处的树隙。我抬头看看，那是一片青绿的草叶簇围起的鲜红的花朵，这花朵似乎比我们见过的要大。我就自然地走了过去，弯下腰看着——啊！这……这花！这分明是血啊，鲜血洒在了绿茸茸的草皮上。我机警地蹦开了，两腿飞快地向四周寻找……

　　枪声、鲜血——真正的战斗！伙伴们瞪起了眼睛。可是，四周都被一片浓绿遮过了，我们除了看到几只蓝背红嘴的小鸟在树丫上跳来跳去，什么别的也没有看到……一只凶猛的雀鹰在捕捉一只美丽的乌蓝鸟，乌蓝鸟以其特有的灵巧和雀鹰周旋着……

　　我们没有找到什么。就又回到了那血迹跟前。真的，怪不得嘎嘎将它误认为是一片芬芳的花朵，它在绿草的映衬下显得那样鲜红、那样耀目——啊，这到底是谁流的血呢？难道——我瞅了瞅在林中急剧周旋的乌蓝鸟，心里想：难道是这样一只美丽的小鸟流的血吗？不会，绝不会，它怎么会流得这样多！那么，就是有人受伤了。如果是一个好人，那不及时找到，就有死去的危险！想到这一层，我的心里立即紧张起来……

　　牛六孩一直蹲在不远的地方，用心地往下看着，他两手扒开草丛，脚步慢慢挪蹭着，那认真的样子蛮像在寻找草丛下刚萌发的蘑菇……他突然惊叫起来："看，你们看！"

我们围过去了。牛六孩拨开的草丛，有一丝线般的血迹，往前看去，不甚清晰，滴滴欲断，直延伸到了密林深处……

我们机警地往前搜索，很细心地迈着脚步，生怕惊醒了什么人的酣睡。约莫走了一百多步，我们全惊呆了！

一个人躺在草丛里。他死了。

死去的人身穿素布上衣，祖着怀，露着里边的有些黄旧的白衫子。布带扎得很紧。下身是一条青裤子，脚蹬牛鼻儿鞋。我转到他身边，看了看这张并不怎么可怕的脸：浓黑的眉，灰黄的脸色；两眼因为紧紧闭上了，所以睫毛显得又齐又长；他戴了顶灰帽子，帽檐很长，一绺浓黑发亮的头发从帽子里散出来，轻轻地罩在前额上。他有四十多岁。对，顶多四十多岁。唉，他多么不该死呀，他又是怎么死的呢？他的一只手压在背后。我轻轻地拉出来：啊，手中紧紧握着一支手枪！

是个兵！那就是说，他的死与刚才的枪声有关……我正端详着、分析着，忽然发现他的胸脯在轻轻起伏着——他活着！

那可怎么来处置这个人呢？是好人？是坏人？应不应该搭救他呢？我们几个合计了一下，最后决定：抬回村里。

就这样，我们脱下了两件衣服，用两根绳子缠绑到树棍上，做成一副挺不错的担架，抬起了这个昏死着的人，向着村子急

急走去……

傍晚时分，我们回到了村里。哎呀，一天不到村里，村里竟发生了如此大的变化。过去这热热闹闹的大十字口上，现在变得静悄悄的啦；街上的行人很少，家家的门窗紧闭。狗也不咬，鸡也不叫，大约人们都睡得很早吧？应该是点灯的时候，可没有一个窗子有灯光。我们把担架放在村边的三棵大柳树下，让嘎嘎去找人。嘎嘎走后不久，一些人就来了。几个人不说话，脸上很严肃，走到担架跟前，认真地看了看，然后又到一边嘀咕了一阵。他们把我们几个伙伴叫到跟前，一个个看了看。他们最后说："你们以为这是一般的人吗？他是独立团的一个指导员！是我们的人！……"

我们惊得瞪大了眼睛。

后来，人们做出了一个决定。他们抬起担架，轻轻地、一声不响地，转着小路，把担架送到了我的家里……

这是个多么不平常的夜晚啊！谁知就是这样一个夜晚，成了那些永远也预料不到的事情的开端，成了攸关我的命运、决定了我一生的最重要的时刻！

那时，妈妈正坐在门槛上，一个人轻轻歌唱着。

当担架小心地放到了我们的炕上时，她点起了一盏灯。她细心地看了一下昏去的叔叔，说了句什么，就动手收拾炕下的地洞了。我不知怎么心里一阵自豪和高兴，也动手去帮妈妈收拾东西。从洞里出来的时候，我发现家里来了好多人，而且每个人都显得忙忙碌碌。我还听到了一阵叮叮当当的剪刀什么的碰撞声，原来是一位老医生在那里摆弄着，他大概马上要动手给叔叔医伤了。有两个人站在担架跟前，他们也都带着手枪。一个年轻一点的伏在他们指导员身边，轻轻地呼唤着："指导员，指导员！"

叔叔在人们的救护和呼唤下终于睁开了眼睛。这是一双怎样的眼睛啊，没有痛苦的表情，没有失望的神色，只是很沉重地望了一下四周的同志们，最后把目光落在埋头摆弄器具的老医生的长白胡子上。他那眼神不知怎么使所有的人都觉得轻松了一些、沉着了一些，也给他自己苍白的脸上增添了生气。

老医生开始动手解他的衣服。伤在大腿处，上半截裤子已经是血红色的。所有人都盯着老人的手，都要亲眼看一看伤势如何，唯独妈妈一个人回过身去忙着什么……"哦！哎呀，……这！"老医生失声叫道。我也看见了，那是一个深深的血洞洞。鲜血把伤口的四周染了很大一片……我的头有点晕，我从来没有看见过这么多的血。我万分担心地望了叔叔一眼，可他却两眼盯着上方，微微皱着眉头，像是在思考着他受伤的前前后后……

"来！你、还有你！"老医生轻轻地却是命令式地对几个年轻人摆摆手。几个人围得更紧了。我只见老人的脸色此刻无比庄重，他瞅了瞅受伤的叔叔说："来！"……几个人分开了，一下子按住了叔叔的四肢，看样子是那样用力和认真。"叔叔，叔叔！老爷爷……"我的泪水从眼里涌了出来，害怕地拽住了他握刀的手。

老人用严厉的声音对妈妈喊道："你走！"

妈妈低着头，不容分说地拉开了我……

屋里很静。老医生就要给叔叔动刀了。我呆了，僵在那里。如果再这样下去我也会昏过去的！

"别这样，用不着这样……"突然叔叔说话了，尽管声音很弱，却很清晰。他说着，脸上还带着微笑："你们松开吧，我受得住。老爷爷来吧！"

几个人不由得松开了手。老人凑到叔叔面前，他的胡子微微颤抖："我的好伙计！你晓得这是取弹片吗？你……"

叔叔的目光仍然望着屋顶，咬了咬牙关："来吧。"

老人犹豫了一下，最后动手了……我没法看得清细，只听得见叔叔牙齿咬得乱响的声音和最后那取出的弹片当地落在铁盘里的响声……所有的人都舒了一口气！妈妈放开了我，我害怕地伏到了炕上。这么多的血呀，血把一片衣裳都染透了。我看了看叔叔，只见他很痛苦地闭上了眼睛，牙齿还是紧紧咬着，却没有呻吟一声！老人开始上药包扎了，他怕把叔叔惊醒了似的，一丝一丝地弄着，大胡子一颤一颤的……

包扎完了之后，老爷爷收拾着炕上的器具对妈妈说："敷的是我祖传的刀疮药……"又对两个站着的带枪人说："英雄！我第一遭见这样的英雄！"他翘着大拇指。

两个带枪的要走了，对妈妈和老医生说了些感激的话，又嘱咐了一些别的，重重地握了握手。跨出门的时候，其中的一个还特意转过身来，抓起我的手在他脸上抚摸了两下，又拍了拍我的头顶……

老爷爷也要走了，他伸着一个手指对妈妈吩咐了一番，告诉她什么时候喂药，什么时候做什么汤等等。走出老远了，又回来对妈妈说："按我说的办，得记准些，该换药了我准来。有什么新症候让孩子喊我……"他唠唠叨叨说了不少，才转身走去。

妈妈一直守在叔叔身边。夜半，外边乌黑一片。不知从什么地方传过来一声单调的枪声和一两声汪汪的狗吠……妈妈不时地出去一次……叔叔啊，叔叔这时候大概是睡着了的，他静静地躺着、躺着，轻轻地呼吸着，鼻孔一动一动。他的脸不像过去那样苍白了，也可能被油灯映的，我看红润润的。

这一个晚上，我们守到了黎明。

三

叔叔的伤口快要愈合的时候，不知怎么敌人知道了消息，他们开始了疯狂搜捕。日子变得更加难过，敌人将所有的细粮全部抢走。我们不但要忍饥受饿，还要替叔叔担心。

一天夜里，天下着瓢泼大雨。半夜有人敲门。妈妈犹豫了一会儿，最后轻着脚走到门旁："谁呀？"她的声音低沉而颤抖。

没有回答，只是依旧伴随着笃笃、笃笃的有节奏的敲门声。

妈妈拉开了门。进来的是浑身湿透的老医生。他没有和妈妈说一句话，大着步子走进了屋内。我取过一件衣服要给他换，他用手挡过了。接着他解开束紧的布带，从贴胸处掏出一个方方的包裹。

那是一点面粉。

老爷爷仔细看过了叔叔的伤，搓着两手说："营养不好，伤口长得太慢哩。最好打点野味做点汤，鸡让当兵的抓光了……"

他只穿了一件青单衣，被雨水湿得紧贴在身上，这时候已经冻得打颤，说话的声音都变了。我看他咬了咬牙关，最后说了句"再见"就迈进风雨中走了……

天要放明的时候，村子里的狗乱咬起来，哭喊声、叫骂声、吵闹声搅成一团。我和妈妈穿起了衣服。我们知道这又是敌人在搜捕。他们会不会到我们家来呢？正想着，院门就哐哐地响起来，还没等我去开门，门就哗地推开了，门栓折断在地上，几个当兵的一拥而进……

一个矮小的，全副武装的领头人，走到妈妈跟前，端量了一下，斯斯文文地说："我们带人来了。阁下，把他交出来吧？"

我转过了身去。我不知道妈妈会怎样应付这突如其来的事情！我想完了，坏家伙们知道叔叔藏在我们这儿！

可妈妈伸手护住我说："你们带走了他，我一个孤寡人怎么过活？他才这大点儿，一杆枪也扛不动啊！你们高抬贵手……"

　　我明白了！赶忙哭叫着说："我不去，妈妈，我不去当兵。不跟他们走……"

　　矮小的人一愣，接着骂道："他娘的！糊涂娘们……搜！"

　　几个兵乱翻起来。可是我们的三间小屋一贫如洗，一眼就能看个透亮，他们是翻不出什么的。一个兵将柜子打开了，在里面乱翻一气，最后找出一双新做的鞋子，是男人们穿的。矮小的人如获至宝，拿在手里端量着，一只眼却斜着望妈妈。

　　妈妈像害羞似地低下头，用手将额上的一绺头发抚到耳后。

　　他笑了起来，掂着鞋上前一步，用鞋尖在妈妈胸前一顶。我紧紧握起了拳头。他嬉皮笑脸地瞟了一下我们娘儿俩，朝当兵的做了个手势。

　　他们走了。门口传来那个矮小的人下流的小调。

　　妈妈的眼里闪着泪花，这泪花在眼中滚动着，却没有掉出眼眶。她从刀架上抽出菜刀递给我说：

　　"去磨一磨，磨得锋快。"

　　"干啥？"

　　"磨吧。"妈妈把刀塞到我的手中。

　　我盛了一盆水，坐在门槛上，一下下磨着刀，刀刃在磨石上闪着亮，渐渐映出太阳的反光，刺得我眯起了眼睛……我的心里很乱，不知怎么，这手中的刀变长了，凌空舞动，敌人的头颅一个个跌落下来。我和叔叔追赶着逃敌，直追到芦青河边……

　　我磨着刀，两手一拉一送地磨着刀……幻象在脑海里依然活跃，随着刀刃儿反出的锃亮的光一闪一闪，一个打算开始在我心里形成。

　　这一天过得很慢。不知又是多长时间过去了，太阳才慢腾腾地转到了西面。云彩都聚集在西面的树梢上，太阳一挨近它们，立刻就燃起了暗红的光焰，天空都变成了血红的颜色。我好像第一次看到这奇怪的天色，啊，天有多么红啊，红得这样浓重，就像云彩饱浸着鲜血，太阳又将血色映了出来……我正站在门前看着，忽然巷子里传来了哐哐的破锣声，接着是喊声："哎，开大会喽，到大十字口喽，哎……"一个当兵的走到我面前，用锣锤照我的头上敲了一下说："耳朵拱进了毛毛虫咋的？快去！"我被赶往大十字口……

　　天色更红了。我仿佛听到妈妈坐在门槛上轻轻歌唱。

　　大十字口上早已有不少人了。今天的气氛有些奇怪，这我一来就注意到了。人群的四周有不少兵端着上了刺刀的枪，他们的面容都很凶。瞪着眼睛，仿佛只要一声令下，他们就要吃人似的。一个戴着雪白手套的军人在土台子上走来走去……人群从巷子里不断驱赶出来。我四下里瞧了瞧，看到了牛六孩、山福和嘎嘎他们。他们也看到了我，我朝他们招了招手。

我们几个在墙根下围住。我把我的打算向大家摊开：半夜的时候，都带上刀子，就像摸夜鸟那样，摸到敌营里……牛六孩点点头，嘎嘎点点头，山福摇着头。我一股火苗儿在胸中燃开了，对着他的耳朵愤怒地问："为什么？！"他嗫嚅道："我不杀人，我……不去。"

我还想说什么，有个兵走过来，于是我们赶紧散开……

人聚得差不多了。戴白手套的人宣布说，今天要处死一个人，这个人与独立团的人有瓜葛，这叫杀一儆百，今天就在这儿处死他……

我听了一惊，只觉得头顶响了一个炸雷……当我重新醒过神来时，就看到了台上站着一个高大的老人，他就是医生老爷爷！老人被两个兵架着胳膊，可他那颗永不倔服的头高高抬着，嘶哑的嗓子已经什么也听不清了。他在呼喊什么。

他的大白胡子抖动得非常厉害。一个兵往他嘴里填破布，被他狠狠地咬着了手，那个兵哇一声，重重地跌在地上。矮小的军人扑了上来。

我跳了一下，也不知自己在呼喊什么，几个人拽我的胳膊……人群全乱了——白发苍苍的老太太在哭泣、咒骂，年轻妇女们难过地用手掩着眼睛，男人们向前涌去，抱在怀里的小孩哇哇地哭……敌人放起了枪。

我看到台上医生老爷爷的衣服大襟扯破了，上面溅满了血滴。有人一连朝他放了几枪。他张大双臂跌倒了……

我不知怎么回的家里。我的耳边仿佛一直响着妈妈轻轻的歌唱……

天黑得伸手不见五指。我坐在门前，两眼直望着外面，我永远瞧得见那抖动的大白胡子！

夜深了，妈妈将一件衣服披在我的身上。我没有发觉，我在想着一件事。妈妈喊了一声，我没有回答，站起身来，从刀架上抽出了那把磨得锃亮的菜刀。

"你要干什么？！"妈妈狠狠扯住了我的手。

"找敌人去，定好了的！"

妈妈死也不松手。

我真想用牙咬开这双不让我拿刀的手，可我不能，这是长满了老茧的妈妈的手！我急得哭了起来。我痛恨妈妈糊涂到了这样的程度，一边拼命夺刀，一边哭着。妈妈在解释什么，可我半句也没有听懂。后来，我一下坐在了地上……

妈妈从我手里拿下刀，一个人回到了屋里。

四

天刚蒙蒙亮，牛六孩和嘎嘎他们就来了。牛六孩进门就噘着个嘴，一脸不信任的样子。我知道他们为什么这样。我突然想到了我们的计划有多么可笑！我们有点像林中游戏……

“你呀，你半点也不算勇敢！”牛六孩坐在凳子上，黑乎乎的肚皮闪着光。

我暂时没有反驳。是的，随着胸中那股火焰的熄灭，随着汹涌的波涛在平息，我变得冷静了。

“人家说我们是孩子，到底是孩子，刚定下的事，一忽儿又变了。”嘎嘎两手抄在裤兜里，在屋里踱着步子——他倒半点也不像个孩子。

任他们责备吧，他们这时是不能理解我的，而我却能理解他们。正是老爷爷的死激发他们把心中的渴望变成现实。“你们这样的年纪，多么容易让眼泪和鲜血洗去理智啊！”——我好像觉得以前有哪位叔叔说过这样一句难懂的话。可现在我似乎已经有些懂了。

我费了好大劲才把他们劝走。

他们走后，妈妈从屋里出来了。她站在刀架前面，两眼望着那把被我磨得雪亮的菜刀，什么也没有说。

"妈妈……"我低低地叫了一声。我知道妈妈和我一样，她心中在流着悲痛的泪水……妈妈一只手抚着我光滑的头顶，一只手却慢慢从刀架上取下了那把刀——"做什么用呢？"我不由自主地上前握住了妈妈的手。

"叔叔的伤口长得很慢……杀了小尖嘴吧！"妈妈的声音很低，可也很坚决。我听了身上一震，害怕地把手松开了，那刀当啷一声跌落到了地上……妈妈拾了起来，眼中闪着坚毅的光芒。我哭了，泪水顺着脸颊流了下来……小尖嘴！我最爱惜的小尖嘴！我用最好的橡籽喂胖了的小尖嘴！今天要由我把你杀了——这是我想都不敢想的。我用最恼怒的声音说："不行，不能，决不这样！我的小尖嘴……"我奔向了猪棚，身子伏在小木栅的栅门上。

小尖嘴以为我来喂它橡籽，哼哼着凑了上来，那光滑油亮的身子一摆一摆地拧着，小尾巴在愉快地抖动、翻舞，两只小脚踏在食槽下边的青石上，扬起头来望着我，嘴里哼哼哼地叫着。只有我听得懂它的话，它分明在说："为什么不给我新鲜的橡籽了……"它的声音是和气的。我禁不住低下身，伸手拂了一下它的脑壳，它亲昵地把头倚在我的手背上……我收回手来，在那个草筐里捧了一把橡籽，洒在了它的槽里。

妈妈不知什么时候走过来了，正用围裙擦着眼角。那把刀，亮闪闪地放在棚子边上。我这时完全明白了妈妈为什么让我磨刀。刀啊，我亲手磨得锋快的刀，你没有砍在敌人的脖颈上，却要来杀我的小尖嘴！"如果叔叔的伤恶化了，那会多糟！你已经不小了，该知道独立团的叔叔们是多么盼他回去！"妈妈贴在我的耳边，用沉重的声音说道。我的眼前闪现着老爷爷那瞪起的眼睛和抖动的胡子，闪现着叔叔那瘦削而苍白的面孔。我狠狠地揩了一下眼睛。

妈妈打开了木栅的栅门，我和妈妈一块儿走到了棚子里去……

锅里的水在沸腾，我们开始做肉汤。

灶下，柴草剥剥地响着，爆出一团团一簇簇白亮的火苗。我坐着小木墩墩，洒一滴泪，添一把柴……

就是从今天起，我们的猪棚里再也没有小尖嘴了，再也没有那个淘气而顽皮的、浑身长满好玩的小黑毛的小猪崽儿啦！如果牛六孩、山福和嘎嘎来了，如果他们帮我往它那槽子里添放鲜橡籽，吃惊地收回手来时，我怎么回答呢？哦，会的，会的，我会这样告诉他们：在一个夜里，村里响起了枪声，那枪声是让人惊恐而战栗的。小尖嘴，它害怕了，拱开了木栅的栅门，一直跑到了柳林里……

妈妈坐在门槛上，她盯着血色晚霞，轻轻歌唱着。

我把第一碗香喷喷的肉汤递到叔叔手里，双手是那样地颤抖！叔叔接过去，又轻轻地放到一边。

"叔叔，喝啊，您喝……"

叔叔没有说话。额上那条变深了的皱纹抖了一下，又抖了一下。嘴唇闭得紧紧的，牙关使劲咬着，使两腮的肌肉显得坚实生硬。我注意地看着那双眼睛，那眼睛里射出一股沉重的目光，落在地上；他又看着我，这目光立刻变得有些不信任、又有些责怪的意味。他问：

"你能告诉我，医生老爷爷为什么不来上药了吗？"

"他……他看你伤口愈合了，也就不来了……"可惜我没能控制住，说着说着眼睛里溢满了泪水，接着这泪水涌了出来。"老爷爷！……"我呼喊着，扑在了叔叔怀里……

"叔叔，喝呀，您喝……您养好了伤，好给老医生报仇！您养好了伤，好回独立团……"我央求着叔叔。

叔叔很艰难地站起来，默默地摘下了那顶深灰色的帽子，低下了头……一旁的肉汤，在飘散着淡淡的热气，洞子里，那盏黄豆一般的灯苗在闪跳、闪跳……

叔叔盯着前方，低沉地说："敌人越疯狂，越说明他们的末日快要来了。我们流了血，流了很多的血，这是要让敌人加倍偿还的！我们活着的人，只能用战斗去抚慰死去的人们……"

他的眼中没有一滴泪水，但这是一双燃着仇恨和怒火的眼睛。我还是第一次看到叔叔的目光变得这样严峻。

我紧紧地攥起了拳头……可我能干些什么呢？还有牛六孩、嘎嘎，我们应该干些什么呢？

我们应该像他一样，参加独立团吗？可独立团又是怎么一回事，它又为什么叫"独立团"呢？

我会长大的，我总有一天会弄明白：什么是"独立团"！

妈妈坐在门槛上，盯着晚霞，一个人轻轻歌唱着……

牵手阅读

　　这是一篇写战争和童年的小说，因此有这样一个高度概括的标题。在这里，作家把笔探向了有些遥远的战争年代，写了童年的"我"对于鲜血与牺牲的认知与体验。作品开头部分写孩子们在美丽富庶的林子里捡干柴、采蘑菇、拾黄花菜、捡橡籽，同时玩战争游戏。但真实的枪声突然响起，打破了和平与宁静，孩子们被迫由虚拟的战争转入真正的战争之中。他们目睹了英雄的鲜血，看到了死亡的逼近。接下来，战争氛围始终笼罩在孩子们头顶，许多惊心的、恐怖的、残酷的事情来临了：救治伤员，鲜血淋漓；掩护伤员，险象环生；遭敌报复，英勇就义；磨刀霍霍，杀死爱物……尽管如此，却有安抚人心的旋律始终在回荡："妈妈坐在门槛上，盯着晚霞，一个人轻轻歌唱着……"

　　作品如同一出壮美的歌舞剧、一首反复吟咏的叙事诗，既有跌宕起伏的情节，也有荡气回肠的诗意。需要提醒读者注意的是，开头关于林中盛景和孩童游戏的描写是极其迷人的，值得细读和品咂。这描写貌似旁逸斜出之笔，实则必不可少：它为故事营造了一个真实而又诗意的舞台。因为有这和平的绿色作背景，接下来的残酷的血色才显得刺目。而正是绿色与红色的变奏，使得作品色彩浓烈，有绚烂之感。

山药架

怎么种山药？大概没有几个人会知道。有人以为种山药嘛，就是把种子播到地里，然后就能生出那种圆圆的、长长的块茎了。实际上根本不是。

我熟悉它的全过程：先要在地里挖一条二尺多宽、五六尺深的沟，然后用掺了松土的杂肥把沟填平。山药就种在这条沟里，它日后会一点点长大，沟多深，块茎就能扎下多深。

山药不是用种子播下的，而是把收获的山药最上一截——像刺猬长鼻子模样的那一段扳下来，放在地窖里藏好，只待来年春天栽到地里。

父亲每年都要种山药。他的山药长得好极了，我从来没有见到比父亲种的山药更粗更长、更漂亮更好吃的了。

那时候我们家在离大海不远的一片荒原上，四周是树林，是一片片看不到边的茅草和灌木。我们家就在大片的树林中间。

不知为什么，我们没有住在林子外边的村庄里，而是独自定居在林中。原来我们一家是从远处的小城搬到这儿的，当地人给了我们家很小一块沙地。

我们就靠这块沙地上长出的东西填饱肚子。

父亲为了让这块洁白的沙地能长出东西，就从河里挖来黏黏的淤泥掺进沙子里。他多么爱这片土地，它不大，可是却费去了他无数的心血。他像绣花一样，蹲在地上一针一针刺绣着，终于把它弄得漂亮极了。

父亲母亲一有空闲就站在门前看这片美丽的土地。它好像缺点什么。有一天父亲说："该给它扎一道篱笆。哦，有了，我弄弄看。"

不久，父亲就搭起了山药架：它搭在这片土地的四周，这样就给它镶了一道绿色的栅栏。我们可以在栅栏里任意种植，种粮食，种我们需要的其他作物。

到了收山药的时候，父亲就拿出一把长长的木铲。这里必须仔细说一下这把木铲——它是用很硬的橡木做成的，大约有十五公分宽，二尺多长。它像一把长刀，又像一把宝剑。父亲

将它打磨得光滑无比。看得出，父亲多么喜欢他的这件武器。
他用它轻轻剖开土沟，小心地剥掉山药根茎四周的泥土，把它
们一根一根分离出来，嘴里发出嗯嗯声——那是在安慰掘出来
的山药。他的脸上一直是笑吟吟的，做得特别用心，所有山药
的皮都不曾碰破一点。

直到现在，我只要一想起山药，就要想到父亲那把特别的
大木铲。

做活时，母亲和我就跟在父亲后边看着，好像他能从深深
的土里挖出其他宝贝一样。

山药架在秋天里长得绿油油的，阳光在黑绿色的叶子上闪

亮。叶片上慢慢会生出一些圆圆的褐色颗粒，有人从架子旁边走过，会顺手取一粒填到嘴里，嚼一嚼咽下去，说："真甜。"这就是山药豆。

我和林子外边来的几个小伙伴喜欢在山药架里爬来爬去，等于是钻进了一条绿色的地道。这是不能被父亲看到的。我们如果不小心把山药蔓子挣断，把刚刚生成的山药豆碰掉，就会惹父亲生气。但他那会儿只是木着脸不吭一声，并不对我们发脾气。

母亲说父亲的脾气以前大极了，现在变好了而已。他大约四十多岁才来到这片荒原上，刚来的时候脾气大得吓人。母亲说父亲是荒原上最有脾气和力气的人，简直什么都不怕。

但随着时间的推移，他的脾气和力气都一点点变小了。母亲说，这个地方很怪，什么人来到这里都要服气——不服也得服——他心气再高，也将很快被这荒原、被这无边的土地给销蚀掉。

那座遥远的城市留在了父亲的记忆里。父亲从此只属于这片丛林和草地。他把妻子儿女都带到这片草地上了，并且一辈一辈都要扎根在这里了。我不知道自己是有幸还是不幸，反正我成了荒原之子。

我会牢记我们那块小小的土地，牢记围在四周的山药架，当然还有荒原上的一切。

夜晚，父亲还没有回来。林子外边的村子时不时地将他喊走。他们粗暴极了，有时就像对待一个动物一样，只差没有用绳子捆上他了。母亲牵着我的手走出来。我们坐在山药架旁，望着星星。那是秋天，露水很凉，四周一片黢黑，天空星星闪亮。丛林中，野物的叫声微弱而又神秘。我知道在荒原的另一边，有大大小小的村落——我们为什么不能住到那些村落里，却又要受他们的役使？这是我永远也搞不明白的。母亲说：

"说来话长。我们只配住在荒原上。"

"我们为什么不能住在城里？"

"我们也不配住在城里。"

我忍着，最后还是大胆问了一句："我们是罪人吗？"

母亲没有回答。

我心里清楚，父亲是一个非常倔强的人。我觉得这世上再也没有比他更倔强的人了。我从来没有发现像他那样的人：倔强，但是却要尽可能地对所有人和颜悦色。母亲说：

"他过去可不是这样。"

母亲说他把粗暴深深地藏起来了，她正为这个担心：粗暴在心里会闷成一种严重的病。我和母亲倒真想让父亲粗暴起来，哪怕对我们——可他差不多总是笑着。

父亲不在的时候，我和母亲寂寞极了。我们不知干些什么才好。父亲被喊走的时间越来越多了，为了不使这片地荒芜，我和母亲就蹲在那儿忙着。我们手中做下的活儿比父亲差上百倍。他有一双人人称奇的手：开出了这片土地，植下了树木。屋子西边栽了一棵桃树，北边栽了杏树和一排榆树。这就是我们荒原的家，这儿真好。

这里有好多故事，有的故事属于全家的，有的故事只是我的，是我的梦。那时候我常常做梦，而且永远不会把梦境告诉别人。我曾经梦见和一个小姑娘一块儿种山药：我们种出的山药是银色的，又长又亮，闪着光芒。我们种了那么多，堆积起来比我们家的房子还高。我们用山药盖了一座小屋，我和她待在里面。我们每天都吃山药，藏着不出来,把父亲和母亲急坏了。

我清清楚楚记得那个姑娘的样子：个子高高的，脸色有点发黄，一双很大的眼睛，穿着半新的衣服，头发很长。她的眼窝有点深。我在梦中吻了她，幸福得哭了。

我到现在也不知道，第一次遇到她为什么是一场梦境，而且有趣的是和山药连在一起。

更奇怪的是后来，就是那场美梦之后的一天早晨，我从地边经过，觉得山药架好像被一阵风给推动了，剧烈地摇晃着。我觉得奇怪，就趴下身子望着——山药架深处真的藏了一位姑娘！她真的像梦中人的样子，脸色有些黄，有些瘦，高高的个子，大眼睛，眼窝有点深，头发很长……我的心扑扑跳。

她在里面喊："不要看我！不要看我！"

我站起来。一会儿她从架子里钻出来，头上粘了好多山药叶。我没问她什么。我想她一定是到架子里找山药豆吃了。我说："我知道你是哪里的。"

"你不知道。"

"你肯定是不远处那个村子里的。"

她笑着摇头，告诉我她是北边不远处一个小学校的。她的年龄可能比我大一点。我再也没有忘记她。

她走了以后我才有些后悔：不知道那个小学校在哪里。我该去找她玩啊。后来我常在丛林间游荡着，只想找到那所学校。

有一天晚上我又梦见了她：在一片云彩一样的山药架中间站着，向我微笑，身后是青色瓦顶的一排小房子，那就是她的小学校了。

醒来格外惆怅。

有一天父亲担了一担山药，让我和他一块儿。他说要把这些山药送给一个食堂。父亲担着山药走在前边，我一直跟着。我们大约穿过了十几里林地，就听到了一阵钟声。父亲说："快到了。"

前边是一片橡树，一片柳树。穿过柳林看到了一排排杨树、合欢树和一些叫不上名字的树。青色屋顶的小房子真的出现了，和梦中的一模一样。我的心跳加快了。

父亲一个人找那个食堂去了。我看到一群群学生在跑动，眼睛在他们中间急急寻找。这样找了很久，直到一个钟头过去。食堂师傅用围裙揩着手送父亲出来。父亲像鞠躬又像哈腰，向他告别。父亲转脸找我，我故意躲开了。

就在我失望的时候，她出现了。她是从最角落的那个房子走出来的。

我挨近了她，说："是你……"

她怔住了，盯着我。我离她更近地站着。她好像不认识我。

我说："山药架……"

她两道眉毛一动，笑了。

这时候父亲发现了我，喊了一声。我只好离开了。

秋天啊，每个秋天都是我们的节日。黄昏的光色里，我又看到父亲擦拭那个橡木铲了，他的嘴里叼着烟斗。

母亲微笑着看父亲。

父亲跪在松泥上，踌躇一下，把木铲掘下去。一根山药由于父亲的孟浪被拦腰劈断。父亲捧住白生生的山药，害怕地看一眼母亲。

我盼着收获之后，跟着父亲再去那个学校。

可惜刚刚收获了一半，父亲又被村里人叫走了。来人声色俱厉，口气生硬，不容商量。他被押到丛林的另一边，到很远很远的地方去。像过去一样，许多天都没有一点消息。回家时，他的肩头带着擦伤，一看就知道做过沉重的劳动。有一次，我还看到他后背有伤，像是鞭痕。

我尖叫一声，他转过脸，用温和的目光制止我。

他终于再次担上山药去那个小学校了。我跟上他，步子沉极了。在那里，我再也没有看到那个脸色黄黄的姑娘。

入冬后，我们要准备春天的事情。父亲让我和母亲跟他干活：我们要小心地把山药的尖顶扳下来，装满一个筐子，然后藏到又黑又深的地窖里。他走在深处，举着蜡烛嚷一句：

"多么潮湿，多么黑……"

这些山药的尖芽只有藏在地窖里，才能躲过最寒冷的海边的冬天。

我跟父亲走在里边，像探险似的。这里多么有趣和神秘。无论多么冷的天气，地窖里都温暖如春。父亲手中的蜡烛不停地闪跳着……

父亲有一次在地窖里抽烟，讲了一个陷阱的故事。他说，他本来在那个城市里生活得好好的，可是遇到了母亲——她住在另一座城市里，那是一座海滨小城。后来他们就在小城里定居了。他说：

"谁知道这是陷阱呢。"

"什么是陷阱？"我问父亲。

"那座小城，还有……"

我后来问母亲陷阱的事，她哭了。她一句话也没有说。

我永远都忘不了"陷阱"两个字。父亲明确说出的一个"陷阱"是小城，那么另一个呢？爱情吗？我吓了一跳。不过我似乎明白，父亲爱母亲才来到了这座海滨小城——人为了爱情可以舍弃所有，哪怕真的有那样一个"陷阱"，也会直接走过去的。

那个青色屋顶的小学校一直吸引着我。我有一次偷偷跑进了丛林，想去找它。可是我迷路了，整整转了多半天才回到家里——父亲和母亲吓坏了，一次次叮嘱我：再也不要一个人到林子深处！

这天夜里我做了一个吓人的梦：跑啊跑啊，一直迎着那片青色屋顶跑去……好不容易到了跟前，可横在眼前的是一片废墟！到处断墙残壁，蜥蜴在瓦砾间奔走。太阳快要落山了，废墟在霞光里发出阴暗的颜色。土坯和砖瓦的碎块像被火焰烤红了一样，摸一下滚烫滚烫的。

我盯着眼前的一切，久久不忍离去。我在等待她的出现，她一定会再次从这儿走出来。

我不知等了多久，一点影子都没有。

我只好离开。但我没有回家，只在丛林里不停地奔走。我似乎觉得，她就在前方某个无法测知的地方等我，我只要寻找，就会找到。

走啊走啊，从黑夜走到黎明，然后又是一个黄昏……我终于看到了她，她原来一直站在那儿。我毫不犹豫地上前，牵上她的手说："走吧，山药架下的姑娘！"

她惊讶地看着我，像看一个陌生人。她咕哝着："你还记得啊，你还没有忘记……"

我怎么会忘记呢？

　　这是林子深处一家人的生活简史：一座茅屋，一块薄地，一个常常被拉去服苦役的父亲。作家的笔并非面面俱到，而是重点描绘了父亲的山药架。父亲在极其有限的土地上支起的山药架，支撑着一家人的日子，也支撑着困境中不屈的信念。山药架下埋藏着山药，也埋藏着父亲的苦难、忍耐和坚强。不仅如此，还埋藏着关于少年"我"的一些微妙情愫：一段从未展开、虚实难分的爱恋，一个迷离恍惚的梦境。

　　作品篇幅不长，但包含了丰富的内容和深长的意味。有时候，生活就像陷阱，堕入其中便是劫数难逃。但真正勇敢的人，仍可怀着责任与信念，坚韧顽强地活着并力求突围。父亲的了不起，就在于能把陷阱变成地窖。地窖虽然潮湿而阴暗，却能让生命的尖芽"躲过最寒冷的海边的冬天"；而对于一个懵懂的少年来说，置身地窖之中"像探险似的""有趣而神秘"。新鲜的生命就是这样天真可喜，无论气候多么恶劣，土壤多么贫瘠，只要时候一到，总有梦想之花悄然开放。

老斑鸠

"李子树开花了，李子花有多么白呀！桃子树开花了，桃子花有多么红啊……"

母亲坐在带扶手的椅子上，眼睛望着窗外，一边轻轻地摇动着我的身子，一边像唱歌似地说。她已经告诉我多少遍了。她说：去找外祖母吧，她把你外祖父遗下的一个诊所卖了，去乡下买了一处大果园——像个大花园似的！

"外祖母……大果园……"我夜里睡下了，嘴里却还在喃喃地吐着梦呓。我望见了那绿茸茸的草地上，果树间飞着五颜六色的蝴蝶。蝴蝶，这么多，环绕在一个老婆婆身边。老人的脸随着一只翩翩舞动的黄斑蝶转着，渐渐转了过来：啊，她那又白又浓的头发啊，那双闪亮的眼睛啊！……有人在另一边搬动着什么，发出了哐当当的响声，这立刻将那群愉快的蝴蝶惊散了。我定神一看，原来是母亲。她披着衣服站在床下，正在打开一个红漆箱子，那响声是她打开箱子时发出的。她这时擎着蜡烛，弯腰看着箱里一卷卷闪亮的绸缎和衣料。我知道这是继父送给母亲的。可母亲，你为什么偏要改嫁呢？那个不认识的继父为什么偏不要我和你一块去呢？我们又为什么不一起去外祖母的大果园呢——"李子树开花了，李子花有多么白呀……"两颗泪珠滚在了我的脸颊上。母亲一歪头看到了我，抛了蜡烛，紧紧地伏在我的身上。她替我揩了泪花，久久亲吻着我的脸颊。

李子花像雪花那么白。我和外祖母的小泥屋旁边有一棵大李子树，粗粗的枝干都探到屋顶上。外祖母有个多么好的大果园啊：三棵苹果树、四棵桃子树（只可惜黄沙淤到它们半腰了），再就是屋旁的大李子树了。南风轻轻地吹着，吹来了蝴蝶和蜜蜂，吹得树下的沙土暖烘烘的。我躺在沙土上，仰脸看这蝴蝶和蜜蜂怎样在李子花里兜圈。

外祖母总是一个人在一边忙着，她没有工夫看蝴蝶和蜜蜂。

她长得比母亲高多了，只是比母亲更瘦削，她差不多完全是我梦中的形象，只不过那浓浓的头发并没有全白。她这时弯腰立在一个树枝枯掉一半的苹果树前，仔仔细细用刷子蘸着小桶里的白药水，一丝一丝地刷在树上。小铁桶是用罐头盒改成的，里面盛着她昨夜里新熬成的药水。她刷呀刷呀，等那湿漉漉的树枝被南风吹干的时候，就变成李子花一样的白色了。多么有趣啊！我跑到外祖母身边，非亲手试一下不可——外祖母却把小药桶倒过来，原来桶已经空了。她告诉我：新药水要到夜里才熬得好呢。

"现在就熬不行吗？"我不明白为什么非要等到晚上不可，而且只是熬两小桶。

外祖母告诉我："现在没有'渣子'……"

她说完坐到一棵树下，修补几天来一直修补着的两个大箩筐了，没有告诉什么叫"渣子"。那是两个破了半边的泥筐。她用新鲜柳条在筐缘上拧着，设法让一根柳条变成一小段新筐缘儿……外祖母什么都会做，做活时一声不响。

李子花开过不久，接上去的是桃花和苹果花。苹果花先是在绿芽芽叶里扭成一个小红拳头，然后才慢悠悠、懒丝丝地伸开——它的小手掌却是煞白的；桃花有多么红啊，就像被胭脂染过了一样，只可惜四棵桃树都被黄沙埋住了半截。我问外祖母："花儿埋在下面还能开吗？"

外祖母默默地看着露出地面的一丛丛桃枝，摇摇头走开了。

春天多好啊！大果园多好啊！我有时攀上果树，有时又顺着软软的沙坡滚下来。我想母亲没来大果园，一定会后悔的。我不知怎么常常想起母亲来，想起她那唱歌似的声音："李子树开花了，李子花有多么白呀！桃子树开花了，桃子花有多么红啊……"

一个傍晚，我正在园里玩着的时候，见到了两个高个子男人用笭筐抬着一些什么从园中走过，还有一个扎蝴蝶结的小姑娘蹦蹦跳跳地跟在他们后面。只见他们走到离园子不远的水渠边，把东西倾倒在斜坡上就走了。小姑娘依然跟着他们，蹦蹦跳跳地离去了……我怀着好奇心跑到那个渠边一看：原来是些蓝的、白的、黄的小石块！我想这大概是他们家盖房子扔掉的什么吧。那以后我常常看到他们，并且都是在黄昏的时候。

有一天傍晚我正蹲在树下玩，突然听到一个脆生生的声音喊：

"哎！"

我猛地站起来，见一个穿得花花绿绿的小姑娘站在我面前，她扎着一对蝴蝶结，正笑眯眯地看着我。我脱口说："我认识你……"

小姑娘笑着，露出一口小白牙。她一会儿跟我就熟了，告诉我她叫"小圆"，住在另一个大果园里，那果园是她爸爸的。

这天我们玩了好长时间。

第二天我们在一起的时候，她提议到爸爸的果园去，于是我们走进了另一片果树林子里。这林子真大！里面有山楂树、苹果树、海棠树，还有的树谁也认不得……好多人在干活，一些人在扳动着喷气机，另一些人就举起带小皮管儿的竹竿，竹竿尽头都在喷着水雾。那水雾在阳光里闪出红的、绿的、黄的……各色各样的光！我看呆了。所有被喷过水雾的树一会儿都变成了粉白色——这立刻又使我想到了外祖母刷过的树；另一边，几口大锅冒着白汽，发出难闻的药味，有人不断把一些药渣泼到箩筐里，这正是我在渠边看到的各色小石块——原来是药渣！一个穿着细布棉衣，带着小黑丝绒帽，腰间扎了根黄草绳的人走过来，小圆叫他"爸爸"。他望了望我，嬉皮笑脸地问："哪里来的呀？"

他笑得有些可怕。我看看小圆，回答道："东边大果园的……"

"哈哈，哈哈哈……"他笑了，笑得那么难听。笑完后歪歪脖子对身边几个正在干活的人说了几句什么。

我听不明白，可我知道不是好话。他又看了我一眼说："还大果园呢……"周围的人笑了，都停了手里的活打量起我来。

我扭头就走。小圆喊我，我像没有听见。

回到小泥屋，外祖母已在院里支起锅子熬刷树的药水了，她一手添着柴，一手用木勺在锅里搅动着。她见我红着眼睛跑进来，吃惊地站了起来。我一下伏在了她身上。

外祖母脸上的皱纹抖着，一句话也没有说，又用木勺一下下地搅动着药水。

水在锅里滚动着，发出了噜噜的响声。

我很快在锅里发现了泛起的蓝的、白的、黄的小石块！我说：

"这'渣子'是小圆家倒掉的吗？"

"是他们家倒掉的……"外祖母头也不抬，两眼盯着滚开的药水，用木勺一下下地搅动着。

我多么想让外祖母倒掉这些药渣，可我终于没有说出来。因为我知道我们穷得买不起药料……这个晚上，我像过去一样依偎着外祖母躺在炕上，问了她好多的话。她告诉我：小圆的爸最爱看别人哭。我说：

"我没哭。"

外祖母点点头。停了会儿她说："你外祖父也是个有钱人，可他就是个好人……那年镇上过好队伍，也过坏队伍，他给好队伍治病，坏队伍恨他，就把他杀了，还烧了他半个诊所……"

"妈妈说你用诊所买了大果园，是半个诊所吗？"

"半个也不到，那时你妈妈还要做嫁妆呢……"

提起妈妈，我就再也不吱声了。我想起了她，两颗泪珠落下来。我紧紧地靠在外祖母身上，问：

"妈妈不能来大果园吗？"

"大概不能来了。"

"我在这儿她也不来吗？"

"大概也不来了！"

我愤愤地问："为什么？"

"因为……"外祖母叹口气，"因为你的继父是富有的人，你妈妈贪恋钱财……"

我恨死继父这个鬼东西了！我伤心地流着泪，最后哭出了声音。外祖母在黑暗里替我抹着泪水，把我紧紧地贴在她的胸口上，慢声慢语地说着些什么：

"跟外祖母住大果园吧！大果园多好呀，开了花，然后结些果子，果子多甜……树下边栽小香瓜，喷喷香的小香瓜……果子长到鸡蛋那么大，就到了赶庙会的时候了。庙会上真热闹！放鞭炮、唱大戏，赶庙会的人都穿新衣裳……"

我不哭了。

外祖母接下去讲了个故事："从前哪，有一只孤独的老斑鸠，它用99天的工夫，从远处一根根衔来柴草做了个窝。到了第 100 天上，大风给它拆散了。它又用了 49 天的工夫重新做好。到了第 50 天上，一群过路的老鸦把窝上的柴草全抢走了。老斑鸠追上啄它们，咬它们，败下阵来，又带着一身的血重新到远远的地方去衔柴草，从头做起，再花上 99 天……"

我被这故事吸引住了，泪水早已停止了流淌，只一声不吭地听着。

我不知听到了哪里，就沉沉地睡去了。梦里有一个带着血奔向远方的老斑鸠。我变成了一只小斑鸠，紧紧跟在老斑鸠的身后……

大果园里开始生出密茸茸的小草了，蝴蝶飞得更欢，连巧嘴巧舌的小鸟也你追我赶地飞来了……我和外祖母在每一棵树下都埋了小香瓜的种子，又浇了水。我几乎一刻也不愿离开外祖母，看她在园里松土、刮腐烂的树皮、刷药水，有时还求她讲一个故事。她的故事又多又有趣，一边讲一边用手里修树的刀剪比画着。果树患病的越来越多，她要不间断地给树木刷药水。那些药渣就倒在水沟里，外祖母总是及时地去收集起来……

一天傍晚她去背药渣，回来的时候全身都湿透了，衣服上沾着稀泥，一只手还滴着血。我知道她拣药渣时跌到深水里了，那手是被水下的碎玻璃割破的！我吓得哭出了声音，她却笑着告诉我："水底下的泥鳅可大了，等我给你抓一个……"

外祖母的两个箩筐全修好的时候，就开始搬那些埋住桃树的沙土了。她一有空闲就担起来，哪天晚上月亮好，她会担上多半夜。可我觉得这么多沙土是永远也担不完的。外祖母却告诉我：能搬完的，以前她搬过，只不过又被大风给刮回来了——这次在园边栽了挡沙的灌木丛，今年长起来，就再也不怕风了！她担呀担呀，一棵很高的大桃树终于从泥土里全露出来了。外祖母扳着树枝这儿看看，那儿瞅瞅，轻轻擦拭着被沙土埋嫩了的树皮……接着是更快的担土，汗水浸透衣服，双手裂了血口子……深夜里她常常发出哎哟哎哟的声音，让我用手使劲捶她的后背和腰。一天夜里我问："还痛吗？"她紧紧搂着我，没有说话。一片月光落在她的脸上，使我看到了那闪亮的眼睛。她好像在想什么事情。停了一会儿她望着窗外说："园子刚买到手的时候，哪像个园子啊！三棵苹果树有两棵快死了，树桩枯了一半！当年只收了 20 斤果子，换不来半斤玉米面……可我要一点一点地做，老想它会旺盛起来……"我说："能挖出四棵大桃子树来，我们的果园就更大了！"外祖母点点头。

第二天，我求外祖母给我编了一个盛沙土的小箩筐。

我们一起搬着沙土。可第二棵挖出一半的时候，一天夜里起风了。我和外祖母清晨担着箩筐出来时，都不由得怔住了，黄沙把挖出来的桃树重新埋去了一截，我们起早贪黑，差不多

全白干了！我不知道是害怕还是失望，连大气也不敢出，只是呆呆地看着。我望望外祖母，只见她一动不动地站在那儿，头上灰白的头发被风吹乱了，一双眼睛微微眯着，像在望很遥远的什么……我想她该是多么难过啊，有谁来可怜可怜她吧！我看到一些沙末飞落到她的皱纹里去，她擦都不擦。她的手抚摸着我的头发："孩子，我搬了一次又一次，如今是第三次搬走这些沙土了，老天总想跟我作对似的……可我老了，就快担不动了……"我望望外祖母：她真的老了！身子那么瘦，背也驼了，头发白了一多半，脖子上是又深又密的皱纹，被太阳晒得又黑又亮。她穿的那件满是补丁的黑背心，连纽扣也不是一样颜色，不是一样大小：有的是红琉璃的，有的是黑胶木的，有的是灰瓷的，还缺了半边儿……我第一次觉得外祖母怪可怜的。

外祖母低头看着我，用手梳理我的头发。

这个晚上，我们重新开始担土。

外祖母像过去一样：一下下装满箩筐，轻轻挂上担杖钩儿，最后弯下身子……

这些日子里小圆常常来玩，还领来好多的伙伴。他们都是附近庄上的，跟外祖母早就熟悉。每逢他们来的时候，外祖母在歇息时就显得特别快活。

等到三棵苹果树结出小苹果、大李子树挂满了小李子、我们的箩筐磨去了大半边的时候，四棵桃子树全从沙土里解放出来了！外祖母在桃子树下轻快地走着，摸摸这棵，动动那棵，领我在树隙里走着。我们的果园变得有多大啊，桃子树原来有这么高的身个呢，可恨沙土一次一次把它埋在地下，它受了多少委屈啊！我们坐在了修得直直的树盘土埂上。我问外祖母：

"今年大风沙再也不会来了吧？"

"大约不会来了。"

"如果它们来了呢？"

"最好还是不要来。"

外祖母说如果风沙再来她真的担不动了，她的腰快给压断了，早年腰上落了病，晚上常常针扎一样疼；不过她说快到春后了，这里一般起不来大风的，等到明年春天，新栽的挡沙灌木丛也长得茂盛了……

　　是的，灌木丛长起来就不怕风沙了！可是现在灌木丛还没有长好呢。我害怕大风沙，夜里，我听到风声常常惊恐地坐起来，总被外祖母用手扳倒，搂在她的怀里。她给我讲着故事。可是有一天晚上，什么故事也不能使我入睡了，因为那风声分明是越来越大、越来越猛，连外祖母也起来穿了衣服。我们一起走出门去——天哪，一阵大风迎面吹来，差点把我们卷倒，沙粒直往脸上扑来……外祖母把腰使劲弓着，扯紧我的手，把我藏在她的身后，直向着园子西北边走去——我们真怕那四棵桃树再给埋住啊！

　　桃树没有被埋住，但是黄沙正在不断地随风刮过来。大风撕裂喉咙喊着，那呜呜的响声多么吓人哪，它就这样响了一夜，到了白天还不愿停歇——整整三天三夜！

　　风停了，天晴了，大果园又像过去一样安静了。外祖母还像迎着风沙一样把腰使劲弓着，还是扯紧了我的手，把我藏到她身后，踏着脚下软软的沙土，踉踉跄跄地奔过去……那四棵高高的桃子树呢？在哪里？在哪里？啊——在这里，在黄沙里，下半截在黄沙里啦。如今像原先一样，它们又只剩下一丛露出地皮的桃枝了！

外祖母收住了脚步，一动不动地站在那儿，然后默默地盘腿坐在了沙土上。像过去一样，她一双眼睛微微眯着，像在望着很遥远的什么……她的头发好像比以前更白了，背更驼了，脸上的皱纹也更多了，皱纹的深处飞进了更多的沙末。我有些忍不住，但我终于没有哭出来——我知道有时候眼泪是不能流的……但我这时可以轻轻地抚摸着外祖母那又大又硬的手，看着那上面一个个黑红色的小血口。望着它，我不知道怎么又想到了母亲，想到了那个夜晚，想到了她一手擎着蜡烛，看满箱闪亮绸缎的情景。我有些恨她：外祖母这么老了，您怎么不来帮她，她的大果园快被黄沙埋住了！外祖母这时转脸看看我，眼珠像僵住一样地一动不动了。停了一会儿，她像是特意告诉我什么似的说了一句："从前哪，有一只孤独的老斑鸠……"

我马上想起了那个故事，就看着外祖母那发亮的眼睛说："用 99 天的工夫……做了个窝。"

"做了个窝。可是第 100 天上又给拆散了，它又用了 99 天。"外祖母抽出那只满是血口子的大手，抚摸着我的头发，那么小心，那么轻。

我说："可是后来，老鸦抢光了窝上的柴草。老斑鸠追上

啄它们，咬它们……"

　　"对。啄它们，咬它们，败下阵来，又带着一身血飞去了……它还要从头做起，再花上99天……"外祖母一个字一个字地说着。最后，她要站起来，可是两腿坐久了，刚一动就重重地跌倒了。我叫了一声去搀扶她，她却严厉地看我一眼，阻止了我。她的手深深地插在泥土里，使劲往下按着，慢慢地、一丝一丝地站起来，站直了身子。她扯紧我的手，向小泥屋走去……

　　外祖母是一个饱经磨难的人，丈夫遇难后，她将被烧剩下的半个诊所卖掉，给女儿置办了嫁妆，又用剩下的钱在乡下买下仅有七八棵果树的果园。她那唯一的女儿贪恋富贵，改嫁后，把与前夫生的男孩撇给了她……小说讲述的，就是这位老人与外孙相依为命的故事。

　　小说是通过男孩"我"的视角叙述的，"我"看到、听到和想到的，真实而又饱含情感。外祖母与命运的顽强抗争，特别是一次次与风沙搏斗的情节，极富感染力。故事中，外祖母讲给外孙听的"老斑鸠"的故事，最终成了外祖母自己的象征。最为打动人的是作品的结尾：本以为这个春天风沙不会再来，可是突起的大风刮了三天三夜，再次让老人的努力前功尽弃。面对如此惨重的打击，老人瘫坐在沙土上，又一次念叨起了"老斑鸠"的故事。最后，"她的手深深地插在泥土里，使劲地往下按着，慢慢地、一丝一丝地站起来，站直了身子"。这是极有意味的一笔。老人以坚忍的意志回应了命运的折磨，她像筑巢的老斑鸠一样不屈不挠，宣告自己是永远也打不败的。

夜海

当星月映在一片波澜不惊的大海里，微风把夜色从遥远的地平线上收拢来时，我一个人正待在这片大水中，孤零零的。海潮声从四面八方围拢来，压迫着我。我的呼吸，我发出的任何声响，都一丝不留地消融在无边的水上。遥远的海岸也化入水色。

两手抱紧身体，尽量不使自己颤抖。实际上我还是有些颤抖。

不知怎么来到了大海中间。我曾经那样渴望见到这个世界的奇迹，可是当置身其中，又感到了难以摆脱的恐怖。今夜没有任何一个人来与我共同承担这种境遇，我一动不动地站在了这儿。

一层细小的水沫徐徐推过来，闪亮的荧光灼伤了我的眼。当我再一次睁开眼睛时，又看见无数银亮的小光点在水中抖动。

星星越来越密，越来越亮。它们把大海变得像星空一样浩大和深邃，渺茫不可测知。

第一次见到海的时候才四五岁，或者更小——我不知道。反正从很早以前我就对那片神秘的大水渴念起来，至今面对着它也无法除消那种惊讶的感觉。

我无论走到哪里，都像身处大海。我孤零零一个人，永远是一个人。

小时候，我在海滩上奔跑。一片草原被风吹动，就像大海的波浪。我觉得自己马上就要见到海了。后来，大约是一个没有月亮的深夜，有人把我领到了海上。他举着我闯过了急流和深沟，来到了一片浅滩。那时水刚刚达到我的膝盖那儿，并且十分温暖。那是一个夏末或初秋。他把我一个人搁在浅滩上，像故意要吓唬我一样，自己潜到更深的地方去了。我开始还在等待，后来就着急起来。我真怕他甩开我逃走了。我先是喊，再是哭，最后大气也不敢出了。

我踮着脚站在那儿，生怕海水漫过来，漫到喉咙那儿。

我一个人不知待了多久，那时候想的什么已经不记得了。

但那种深深的惊恐，被灾难、死亡，被不可测知的什么给攫住的感觉，到现在还十分新鲜。当然，后来他还是出现了，笑着把我领出了这片海洋……

一个初秋，我已经是两鬓染霜的父亲了。我把自己的小女儿带到了海边——这是一座美丽的海滨城市，有著名的海滨浴场。我嫌人多嘈杂，当夜深人静、大海空无一人的时候，才牵着她的手从住处走出。我们住得离海很近。我们都赤着脚，让脚上沾满细小的沙粒。

远处的灯塔一闪一闪。女儿一到了海边就默不作声了。她脱下衣服，把它们堆在一块儿。她把小短裤提了提，像一个常常到浴场上来的人一样，先撩着海水把身上洗了一遍。

我看着她，一阵温暖，也有些惊讶。她刚刚五岁，从没来过海水浴场。

我牵着她的手又往里走了几步，试试水温，试探着深浅往前走。水深了，一手借着水的浮力把她抱起来，另一只手往前划水。我们就像在偷渡似的，一声不吭。

她在我怀中微笑着，笑得不安而又甘甜。夜色使她的脸格外温柔，她在水中吻了吻我硬硬的胡茬，然后又认真地对付起漫到嘴角的海水，把灌进嘴里的海水吐出来。

我们游过了深水，来到了浅滩上。

我把女儿扶正，发现浅浅的水流刚达到她膝盖那儿。

海中布满了星星，但是没有月亮。我让她在浅滩上自己玩一会儿，我要到深水里去游。她点头同意了；但我游开没有多远，她就开始呼唤。我赶紧往回游。可是就在这段极短的时间内，我听见女儿哭了。我有些自责，不顾一切地飞快游动。

终于到了浅滩上，我跑起来，把水啪啪踏飞了，赶到小女儿身边——她两脚跷着，两手高高伸出，一下子扑在我怀里。

我们上岸了。我一直紧紧抱着她。

我给她穿好衣服，觉得她在我怀里一直抖着，我不知这是被风吹的还是什么别的原因。后来我们又在岸上坐了一会儿。女儿看着远处的灯塔，问：

"灯塔怎么在海里边？"

"那里有一个礁石，它在礁石上。"

"礁石是海里长出来的吗？"

我点点头："就像一棵树，从海里长出来。"

"礁石树根很深很长吗？"

"礁石没有树根……"

小女儿睁大了眼睛："没有根怎么长出来？"

"……"我没法回答。

我想告诉她：礁石是岩层突出的一块，而大海就像陆地一样，有山，有平原；山尖高出水面的是明礁，低于水面的为暗礁——灯塔立在海中大山的山巅上……可是这样讲似乎也不能让她搞得太明白。

她又问："天上有多少星星，海里就有多少星星吗？"

天上的星星是否全部映在海里，我也不太清楚。我含混地点点头。

"那么，"女儿的小手碰到了我右边的耳朵，"那么你说，海水深处也会有星星吗？"

这当然不会有。我摇摇头。

"海水有多深？"

"很深。多深搞不清楚——要多深有多深……"

"就像从这里到星星那么深吗？"

她的手指了一下天空。

"……大概没有那么深。"

"那么星星，"她思索着，"那么星星也在上边的一片海里啦？"

"上边的一片海"当然是指"天空"。我点点头。

"那么上面的海怎么不会流下来？"

我想了想，费力地回答："我们脚踏的地方也是一颗星星。海水就在这颗星星上。如果天空的星星上有人，那么他看我们

脚踏的地方只是一个亮点……"

　　女儿张大嘴巴，惊讶得说不出话来。她抬头看一天繁星，紧紧偎到我的怀中。我们再也不谈这些没完没了的问题了。这些问题太大，大得没法回答。我们只看磷光闪动的大海。

　　海潮在不知不觉间涨起来，海面再也不像刚才那样平稳，波浪在脚下渐渐加大了力度。

　　哗啦……哗啦……

　　有一条飞鱼荡起来又落下去。

　　我们左侧是一片探进海里的礁石，当潮水涨满时，那片礁石就完全沉没了。趁着潮还没有涨满，我想到那上面坐一会儿——那样，当月亮从东方升起来时，就可以面对着它……她同意了，于是我们就到了礁石上。我们的脚下，是石缝里积留的海水，里面有小蟹子和小鱼在游动。礁石的顶部已经被海风吹干了。

小女儿坐在我的腿上。从这儿往东望去，可以望见遥远的东边有一行灯光，那是海岸冷餐馆的霓虹灯，那儿彻夜不眠。海风正把隐隐约约的鼓声和歌声吹送过来。灯光很微弱，却能在海水里连成一道细小的光线，好像这鼓声和歌声就从这水面上滑过来，冰冷冰冷，而歌声却是滚烫的。那歌是一个嘶哑的嗓子喊出来的，热烈而又迷狂。我想会有人在这歌声里暴躁狂舞吧。我仿佛看到滑腻的地板上有破碎的酒杯，餐厅的一角歪着醉汉……

好像是前一年的这时候，我们两三个好朋友一块儿到这里游泳。我们中间有一个漂亮的女孩，她长得娇小，样子很神气。因为是从草原上来的，她第一次看见大海。我们把她一个人领到落潮的浅滩上，然后就游开了。可是我们刚刚转身她就喊起来。回头一看，就看到了我们难以相信的事情：

那个姑娘在浅滩上竟然站都站不住。

而她四处的水那么平稳，没有一点波浪。

可是她站不住。

她像立在一个平衡木上，左右摇动，伸开了两手，随时都要倒下去，惊慌地呼叫。

我们不得不把她扶住。后来我们松开了手，她也能站稳——原来有我们在身边，她就没事儿了。我们都觉得奇怪。

她说："你们可别走。你们一走，我就倒在水里啦。"

"这是怎么回事？你害怕吗？"

"嗯……也不是害怕，海太大了，我老要发晕。"

"你看着海水发晕吗？"

"我看着海水，水里有一片星星；扬起脸来，天空又一片星星，到处都一样，像是一个圆的，我在中间……到处都是海水，是星星……"

那个姑娘有十八九岁。她曾经在无边的草原和沙漠上奔跑过，那里就像这片大海一样平坦、无边无际。可她毕竟是第一次看见大海。

那个夜晚，上岸后有一个朋友提议，到那个昼夜服务的海边餐馆喝啤酒——小姑娘到柜台上买了啤酒端过来，然后又转到柜台那儿结账。我们几个男子汉坐在屋角的一个桌子旁，高兴地看她。她的背影留在我们眼里，那弱不禁风的身影老要让人可怜。

她交了钱，剩下的钱票夹在手里，然后熟练地掖到红色小挎包里。我们中间有一个人笑了，说：

"像个女会计。"

那天晚上我们喝得很痛快。小姑娘是从草原上来的，第一次吃到这么多海鲜，十分高兴。她把海贝的壳剥下来，不舍得扔，又装到了小包里。我们中间的一个胖子就恶作剧地把剥下的一大把贝壳塞到了她的包里——没有多会儿，那个包就鼓胀起来。这时候姑娘才意识到她装得太多了，于是又翻开包往外掏。大家都笑起来。

不知喝了多长时间，好像没有察觉时间在飞快流逝，我们已经喝得太多了。胖子三十多岁，酒量大极了。没有多会儿，他一个人就喝掉了五六瓶啤酒，又喝了半瓶干白葡萄酒。他的脸红了，眼神有些奇怪，还在不停地往杯里斟酒。我不得不出来阻止了。他说：

"不。这是我多少天来最痛快的一次。你不能拦我。"

他又喝了几口，竟然像个孩子那样哭了。他嘴巴咧开老大，有点让人发笑。小姑娘惊讶地看看胖子，又看看我们。我问：

"你怎么了，胖子？"

胖子还是哭。我两手按在他肩膀上摇动：

"你怎么啦，胖子？你把一场酒给搅了。大家都挺高兴。别哭了。你怎么了？你是个小孩子吗？"

胖子越哭越厉害，嘴巴还是那么可笑地咧着。

他哭得好伤心。

我们这伙人没有一个不知道胖子。他很好，他没有什么不好，一切都很顺心嘛。我们只好不去管他。我对小姑娘说："来，我们不要再管他了，他大概醉了，一个人哭一会儿就好了。"

胖子伏在桌上，认真地哭了一会儿。

后来他抬起了头，一双眼睛已经有些红肿。他抱住我的胳膊，把头靠在我身上无声流泪。我不自觉地把手放在他胖胖的头顶上，拍了拍。谁知这一下他哭得更厉害了，又发出了声音。

他哽咽着：

"你知道吗？你们知道吗？我第一次这么痛快地过了一个夜晚。我真痛快。我是高兴得哭，我真高兴。往常都是我一个人，白天黑夜都是我一个人，没人和我说一句话，没人和我讨论问题，连吵嘴都没人找我……"

身边的一个朋友凑在我耳朵上小声说：

"胖子醉了，糊涂了。"

我也陷入了茫然。因为胖子有一个很幸福的家庭，他的妻子很能干，是歌舞团退下来的，现在当会计，对他很好。他还有兄弟姐妹。最重要的是，还有我们这么多朋友。我们整天在一块儿玩，他怎么能说是一个人呢？这家伙真是喝得太多了。

一个朋友禁不住伸出指头弹了一下他的脑壳。胖子无比恼怒地狠盯了他一眼。那个朋友胆怯地把手缩回来。

　　胖子俯在我的身旁，摇着头，泪水纵横。他的哭声引来了好多人往这边看。我们只得尽快结束喝酒。

　　我们扶着胖子踉踉跄跄来到海岸上。

　　海风凉凉的，让人十分舒服。脚下的沙热乎乎的。那个小姑娘默默地跟在胖子身边，也想去扶他一把。胖子把手搭到了小姑娘的肩膀上，可姑娘太小了，连他一只胳膊也承担不下。我见小姑娘被压得摇摇晃晃，就过去把胖子的手扳开。

　　胖子生气地站住了。我们拉他，他也不走。后来他就坐在了原地。我们叫他，他一声不吭。

　　他躺在沙滩上，大口呕吐，直到把吃下的东西都吐出来。

　　那个地方都没法待了，我们不得不把胖子抬到另一边去。一路上他挣扎着，用粗腿蹬我们，暴躁无比。这个家伙在我们文友当中是和善、老实得出了名的，今天倒一反常态。这当然是酒精的罪过。

　　我们把他放在一片干净的沙滩上，让他静躺在那儿。他大概也舒服多了，闭着眼，不说一句话。挺好的一个夜晚，就让胖子这么给搅了。

　　这样待了一会儿，他突然提议说，让我们都离开一点，他要一个人和那个小姑娘谈几句话……我有些恼怒了，说：

"毛病！"

胖子的手搭在我肩膀上，揉了两下，央求似的说：

"你们走开一点好吗？我们会正正经经谈话的。"

这又不像醉话，而且这声音里的乞求味儿让人难受。我朝几个人摆了一下头，我们就离开了。

但大家还是有点不放心，只待在不远的地方。这样我们都多少能够听到他谈些什么。

月亮慢慢升起来了。

月光下，我们看见那个小姑娘听话地坐在胖子身边。她肯定是个好心的姑娘。胖子喝醉了，她多么迁就他啊。

我们亲眼看见胖子把手伸出来，一下握住了小姑娘的两只手，接着是诉苦：

"我真是个不幸的人哪。谁像我这样也活不下去……可我还是咬着牙关活下来了……"

小姑娘好奇地问："怎么了呢？"

胖子的声音更加悲凄："我的父亲、母亲、所有的亲人，认识的、不认识的，他们把我一个人送到了大海里边，让我在黑漆漆的海里一个人待着，然后他们就坐船走了……没有人理我，我一个人在海上，一个夜晚一个夜晚地熬。没有人和我说话。我再也受不了啦。你知道海水到了半夜里有多么凉啊……月亮升起来，我眼瞅着月亮从海里血淋淋钻出来，让海水慢慢把一身血迹洗净，洗得又白又大。它升上去，也是一个人，在天上走完这一圈儿再……我觉得什么都是一个人……我在海上哭没有意思。谁听我哭呢？谁听我说话呢？半夜里，我想握住一个人的手，就像握住你的手。这只手真热，脉搏会跳，它有手指甲。手指甲，滑溜溜的手指甲……"

我们都听得清清楚楚，在心里发笑。不过又多少有点吃惊。这个家伙一定在抚摸姑娘的手指甲了。

我们又听见小姑娘问：

"你的爱人呢？她不和你到海上啊？她也怕海吗？"

胖子摇摇头："她在什么地方，那时我还不知道呢。我想在海上和她一起，就不会害怕的。可是她从来不到海上，都是我一个人。不一定什么时候，我就会无影无踪，那时候他们再也看不见我了。可是，好像没有人担心这个……我就这么过下来。我故意想把这些忘掉，后来真忘掉了。不过今天我看到你一个人在海里，站都站不稳，惊慌失措，一下子全都想起来了……你知道我多么不幸……"

那个小姑娘若有其事地点头。

胖子说："你真好啊。你是我看到的最好的人。你不是一个小姑娘，你比我大——你懂无限的事情……"

我们当中有人笑出声来。可胖子像没有听见，还在说：

"你比我们这一些人都大。你也是大海。不过你是一片亮晶晶的海，不凉，也不让人害怕。你真好。我要告诉你的就是这些。好啦，你能把我的那伙狗蛋朋友叫回来吗？"

"能的。"

小姑娘喊：

"喂——回来吧，他叫你们啦——"

就这样，我们又回去了。

那个夜晚，胖子奇奇怪怪的幻觉、他那些编造的故事，不知怎么让我久久不忘。

……

这个夜晚，我抱着自己的小女儿坐在礁石上，嗅着让人舒适的潮汐气味，不知怎么一阵阵惆怅。我说：

"你以后要学会一个人在海上不害怕……"

"一个人晚上到海里边吗？"

"是的。一定要学会。"

"我学不会……"

"能的。"

"爸爸也学不会。你敢一个人到大海里面站着吗？"

我没有回答。

我想，我之所以能够游到大海深处，那是因为有我的小女儿站在浅滩上——如果她不在呢？

一个弱小的生命——哪怕再弱小，毕竟还是有一个生命在我的身边哪。

我没有勇气承认我的胆怯："是的，我不敢。"——但我没有回答女儿。

那种一个人孤零零站在漆黑的、闪着一片磷光的大海中的情景，我是一直躲闪着的……

牵手阅读

你见过大海吗？你有过独自一人站在夜海之中的经历吗？夜晚的大海会让人心生畏惧，一个人站在海水中会觉得非常孤独。这时候，人等于是彻底回到了自身，充分意识到自我的存在。面对浩瀚的、沉沉涌动的一片大水，以及同样浩瀚的星空，你会感到自己非常弱小无助，会随时被大海吞噬。你需要有同伴在身旁。哪怕是一个弱小的生命，也能给你以安慰、以支持。

作品先后写到了"我"、女儿、内蒙女孩、胖子四个人面对夜海时的感受，虽然并没有多少故事，但几个人那种共同的体验与感觉，给人以深深的触动。可见，人活在世上，心灵与情感的支撑是多么重要！正因如此，我们要学会传递温暖，给别的生命以爱抚，这样，我们自己也会获得力量，变得勇敢和坚强起来。

生命的力量

　　谁能想得到，一片坚实的水泥地板，有一天夜里忽然发出了咔嚓咔嚓的响声。它本来是由石子和水泥铸成的，几乎是不朽的，像钢板那么硬；它甚至发出一种钢蓝色——水洗之后，这种光色常常让人将其误为金属。

　　可是我们今夜听见了它咔嚓咔嚓的声音。

　　后来，几天之后，你发现它有了一道裂纹，细细的。你略有不安。因为这裂纹一点点加大，不是一道，而是好几道。你感到好奇，蹲下来观察。

　　又是几天过去。你发现在几道破碎的裂纹交汇点上，露出了针尖大的嫩芽。你差不多是惊呼一声，跳了起来。后来你又

蹲在那儿更仔细地观察，伸手去抠裂缝，试图解放那一点绿色。完全做不到，水泥板坚硬得很。

你想：完了，它注定会被扼杀。这时候你甚至怀疑那裂缝不是由它造成的。但是后来你又很快知道自己错了——因为裂纹仍在扩大，那针尖大的绿芽挣扎着伸出头来，已经绽放出两个叶片。

你发现这是很熟悉的两片叶子，是什么，暂时还想不起来。

出于对它的怜悯，你又一次用手指甲、用一根铁条去撬，去解放这个稚弱的生命。

仍然像上次一样，地板如同钢板，它不过是有几道裂缝而已。

一个星期之后，再一次看这片水泥板时，你大声惊叫了：原来裂缝之间的地板碎掉了，那儿长出整整一大捧绿色的叶子和枝丫，它们硬是顶破了障碍；这会儿，它们正蓬蓬生长，叶片上满是阳光。你看到有几块水泥板碎成了巴掌大小，已经完全松动了。这时候你认出：它是一蓬枣柯。在它的枝茎上、叶芽上，长出了小小的尖刺。

它旁边的水泥板又在破裂，又有新的绿芽钻出。你拿起被顶破的一块水泥板端量着，发现它的断茬足有两公分厚！天哪，这真是一些柔嫩的稚芽弄成的吗？这是什么样的力量，这简直是一个神话……如果不是亲眼所见，你无论如何都不会相信。

你想给它留一个照片，因为这是一个奇迹；而所有的奇迹都应该被记录。所以你就那样做了。

这一次生命遇到的是坚硬的地板；而生命还会遇到各种各样的、几乎是不可逾越的险阻，比如干旱、烈火、刀子的砍伐和镢头的挖掘：各种戕伐都有可能发生。我们看到春天萌发的那片绿芽——有时这只是粗暴的挖掘之后，留在土里的零星根须所萌发的；久旱不雨的荒漠上，却那么顽强地生长着草和灌木，还有星星点点的花朵……这就是生的顽强、生的欲望。死亡是黑暗，是永远没有尽头的黑夜；就为了那一线光明，它在倾尽最后的力量挣脱，向着光明探出身躯，哪怕只看一眼，只看到一角天色，也不枉费一生。

关于求生的故事不知有多少，那真是言说不尽。没有生命的电光，黑夜就会笼罩。生命迸发出电火，照亮午夜的苍穹。星光太遥远了，它在太空闪烁，辉芒还不足以光彻人间。比如说我们无法在星光下读书，我们仍旧需要灯火。灯火就是燃烧，是高高举起的光明。

石板覆在沃土之上，禁锢孕育万千生命、有着无限生机的大地。大地是力量的源泉，大地可以产生无尽的奇迹。再坚硬的石板，比起大地，也仅仅是微不足道的泡沫。大地上有一层

肮脏的蛛网，它等待一只手将其拂开、擦掉。

　　一个生命终于来到活着的空间、有声的空间。听啊，这么多的嘈杂、喧闹、叫嚣，各种各样的声音都汇集一起。多么雄壮的音乐，多么曼妙的歌唱。这一切都是在黑暗里难以寻觅的。

　　这束枣柯不记得埋在黑暗中多少年，它总是被巨大到难以想象的沉重所压迫，不能伸展四肢；它的脊椎就要折断，它咬紧牙关才挺住。又过了许多许多年，煎熬使它夜夜哭泣，走入绝望。为了驱赶这绝望，它只得用五彩缤纷的梦境，想象那一天到来的幸福。它就用这不灭的希望鼓舞自己挺起脊背，攥紧拳头。它开始击打，不停地击打。一开始，回应它的只是沉默。

它等待每一年里最有力的季节，那个季节的名字叫"春天"。

在春天，它才觉得身上充满了过去所没有的勇气和力量。它听到的都是自己攥紧拳头时骨节发出的咔咔声。在极为安静的时刻，它听到了遥远而迫近的呼唤。那是生的呼唤，是光明在呼唤。

许多年前，母亲离开时把它遗在深土里。那时它只是短短一截根须，为了生，它就用力地抓牢沃土，吸吮着。就这样，它活下来，鼓着勇气默数时间，寻找能够挺身而起的一天。

最后听到了破裂声，它简直不能相信。看到了从缝隙里射进来的第一缕阳光，不知因为炫目还是因为感激，它的泪水哗哗流下。太阳升起来了，阳光越来越亮——这时谁都看到枣柯满身满脸都披挂着泪水。

这么多的泪水，这在过去从未有过。泪水把四周的地板打湿了。这是幸福的、感激的泪水。

就这样它第一次看到了太阳。它不认识它，只在传说中听过它的名字。很久很久以前，母亲曾指着大地告诉它：这才是万物的生母——而这个时刻它仰脸看着太阳，只想叫一声"母亲"。它不知道这样称呼对不对，只是泪眼汪汪地看着。

它在心里默念：太阳啊，是你给了我勇敢，给了我一切。

牵手阅读

一个柔嫩的叶芽，居然顶碎坚硬如铁的水泥地板，成长为一蓬枣柯。这难以置信的生命奇迹让诗人惊叹不已，因此他试着潜入枣柯的生命之中，代它说出了所有想说的话。"生的顽强，生的欲望"，在此被表达得真切无比而又力透纸背，极具感人的力量。文章也好像由散文过渡到散文诗，又从散文诗过渡到童话，浸透了浪漫的诗意。正如枣柯创造的奇迹打动了作家，这篇作品也深深地打动我们读者。一个优秀作家的本领和职责，往往包含了这些：自己的发现，独特的表达，热心的传递，深邃的启迪……本篇便是一个绝好的例证。

夫人送我三个碟子

我们这伙人当中，有人提议到查理夫人家里看看。他按照东方习俗，认为到主人家里看看，是一种很友好的举动。查理夫人有些慌张。她对一个蓝眼睛中年男人说着什么，两只手提在胸前，活动得很快，使人想起小猫的两只前爪。可我们没有多想什么，就坚持去了。

我们去时，每个人至少要带一件礼物。带什么呢？有人向我提议，向同行的一位姑娘借几个景泰蓝戒指，一种很美丽但不怎么值钱的东西。我把戒指装在一个小盒里。

查理夫人算得上有名的富翁，她的家族是非常讲究的一个世家。据说查理夫人小时候也很苦，直到五十岁还在操劳，后来才继承了一大笔遗产。如今她已经七十多岁了，但显得很年轻，以我们东方人的眼光来判断，她不过四五十岁。我觉得她至少能活一百多岁。她没有男人，自己拥有那么好的一座楼房，楼房前后是漂亮的花园。

那一天我们打了台球，喝了酒。大家喝酒的时候，都祝查理夫人健康。

后来，我们要到一个乡间别墅生活一周。查理夫人先我们赶到。仅仅是两天没见，她一上来就拥抱了我们。

傍晚，我们去散步。我们当中有好多人没有见过荨麻，有人碰了一下，手上立刻起了一片红点，疼得叫起来。查理夫人哈哈大笑，跑过去，拔起荨麻，一下连一下捋起来。我们都愣住了。她好像有什么特异功能。后来才知道，只要顺着一个方向捋荨麻，也就没事了。

那个晚上，我们在这个乡间别墅过得很好。这里有一个古老的磨坊，水车日夜转动。水车轮子上长满了青苔，水流是从不远处的大山里流出来的。这里的水源多么丰沛啊。

我想起小时候在河边看风车转动，那时候觉得神奇极了。风车在我们那儿是一件非常奢侈的物件，它第一次出现在河边上，人们都相信一个奇怪的、让人惊讶的时代来到了。帆布做成的叶片，还有一个高高翘起的像灰喜鹊似的定向用的风车尾巴，永远留在了我的记忆里。

风车转动，带动一个生铁铸成的齿轮，齿轮把铁链不停地铰上来，铁链上悬了一个个胶板垫子，它将水带上来。这种不用牲畜也不用人力的提水机械，让我们着迷。大家呼啦啦围上去，夫人就警告，说千万不要伸手：如果我们的手碰上齿轮，那么手指就会被轧掉。

这个别墅的名字叫"磨坊别墅"，大概就是因为风车的缘故吧。

晚上有人到温泉游泳池里去游泳。游泳池是格外诱人的。但是欧洲的艾滋病还是使我们望而却步。尽管有人准备了游泳衣，但最后也没有到水里去。查理夫人鼓励我们下水，她自己率先穿上游泳衣，像个娃娃一样跳到水里。我们发现，她仍然充满了青春的朝气。

有一个上年纪的人经不住诱惑，也跳下水去。他在水里玩得很痛快，可是几天之后感到喉咙有些疼，不停地咳嗽，大概是感冒。我们吓唬他，说这是艾滋病的征兆，他立刻慌了。

那一天我们和查理夫人一块儿登山，她竟然把我们这些小伙子都甩在后面，最先登上峰顶。她一路拨拉着树枝和各种植物的茎叶，欢呼着往前跑，这简直是一个奇迹。

分手时，我们当中有人赠给查理夫人一个龙头拐杖。这个

拐杖正是从泰山脚下买到的，做工精致。查理夫人端起来，像拿一把宝剑那样舞动一下，哈哈大笑。

还有人赠给她一把腰刀，她于是整天把刀悬在腰上。

她拄着拐杖走几步，觉得很有趣。拐杖这会儿成了一件装饰品。

我的外祖母很早就用上了拐杖，她的身体也很棒。她到了八十多岁的时候，还能够一只手端起满满一大瓢水，不抖不洒。

外祖母不苟言笑，她把所有的故事都装在心里。我不知道外祖母过得幸福与否，只知道她是一个勤奋的、手脚不闲的老人。外祖母的拐杖后来随她一起走了。我还能回想起那个拐杖的模样。那不是一支龙头拐杖，是柳木做成的，手柄上没有任何雕饰。她到了九十多岁才真正使用拐杖。那时候她借助这根拐杖，长时间站在门前，望着茫茫苍苍的田野。一只猫长久地蹲在她的身边。

外祖母九十大寿的时候，正是我们家最艰难的时候。母亲和父亲为她搞了简单的庆祝。

我觉得上年纪的老人都差不多，她们无论有着怎样不同的经历，都有许多相似的地方。

查理夫人虽然显得很年轻，但我们都认为她是一位老人。我想当我们走了以后，我们送给她的这些礼物，她将一一收藏起来。

在记忆中，外祖母就有一些永远属于她自己的玩意。她有一个八音盒子，那个东西看起来像一个收音机，不过要等它上好了发条才能发出叮叮咚咚的音乐声。那声音像怕惊忧了世人似的，小心翼翼地鸣奏着，把人引入一个仙境。

外祖母怕我把她的这件宝贝捣鼓坏，总是藏起来。后来这个八音盒子还是没有幸存下来，它被一个搜家的人抢走了。从那以后我们就不知道那个宝贝的下落了。

外祖母还有一对红硬木做成的书包提手。她说："原来连在这个提手上的，是一个特别好看的花布包，镶了硬衬，好得没法说。"

母亲在一边作证："一点不错，就是那样的手提包。"

单凭那一对木头提手，我就相信那是最好的一只提包了。那种式样必然联结着一个古老的、美好的传统。

在我过生日的时候，外祖母从她的收藏中拿出了几个蓝花碟子。她在每个碟子里都放了一块点心。我搞不明白这三个瓷碟上的图案，只是觉得漂亮。它们好像都是透明的，我当时还拿起来对着明亮的窗户看了看。

母亲说："这三个碟子是你外祖父留下来的，每一个都值很多钱。"

碟子的结局到后来还比不上八音盒子。我想八音盒子一定会神秘地保存在某个人手里。而这三个碟子——外祖母最后的收藏，还是被人抢走了。外祖母悲哀地望着它们被一只肮脏的大手捏着。面对一帮搜家的强盗，外祖母的头高傲地仰着。我现在还能记起她脑后的发髻一动不动地翘着，每一根发丝都连带着悲哀和绝望。

那天一个背枪的汉子招呼我过去。我挪动着，后来慢慢跟上他走了。我看见母亲用眼神示意我去，我也就去了。

他们领我走呀走呀，走到离我们的小泥屋很远的一片小树林里。今天我才明白，那真是一个执行枪决的好去处。四周很静，连一只鸟也没有，脚下的沙土十分洁净。如果一个人把鲜血洒在这些沙土上，一定会非常红。

我那时只知道一阵恐惧，没有想很多。我走过去，他们冲我嬉笑，那只肮脏的手把三个碟子掖到衣兜里，然后捏弄我的额头。他抚摸我的头发，朝另一个挤眼睛。后来他们提议蹲下来跟我玩。我看着地上的沙土。那个汉子笑着，像要寻找什么，弯下腰，画了一个不成样了的东西，问我这是什么？我没有看明白。另一个哈哈大笑。

"好了。"其中的一个大汉吆吆喝喝站起来，从衣兜里取出一个碟子，把它放在远处一个树杈上，然后退过来。这时候我才明白他们要干什么。我直盯着黑洞洞的枪口。他们把枪架在一个枝杈上，向那个碟子瞄准。正好有一线阳光从树隙里穿过来，映在碟子上，它像镜子那样耀眼。我活动一下，换个角度，又觉得碟子像一个很大的眼睛，直定定地瞪着我们。

枪响了，碟子应声碎落。我冲过去，后面的汉子骂一句。我跑过去，把地上的碎片捡起来，往一块儿拼对。

他们把我揪开。另一个汉子又把剩下的两个碟子支在枝杈上。他们连续放了五枪，才打碎了那两个碟子。

我呆呆地看着。后来我跑到树丛里。他们一个劲喊我，我一声不吭。等到他们疲惫了，走了，我才蹑手蹑脚走出来。

我把碎瓷片全捡到一块儿，埋掉。

我慢腾腾往回走，感到手指有点疼，原来手指被瓷片划破了。鲜血一个劲地滴。我拣起一个草叶包了手指，又用草筋勒紧。

离小泥屋还有几十米远，我就听到外祖母在哭泣。我从来没见外祖母哭过。我趴到小屋后窗上，看见外祖母蜷在炕角。她把头埋在膝盖上。

查理夫人脸上没有多少皱纹，所以才显得年轻。随她一块儿陪我们的人曾一再讲她苦难的经历，可这些留在她身上的痕迹却不多。她用什么办法把这些痕迹除掉了？

分手的时候到了。那一天是值得怀念的，查理夫人要回赠我们每人一件礼物。她在一个长条木桌上堆满了东西，每一件都用相同的盒子装好，从外部看不出它们的区别。实际上每个盒子里的物件都不一样。她让我们去猜谜，去挑拣，她站在一旁笑着。

有人拿起一个盒子，打开一看，是一件桃木刻的小人儿，骑在骆驼上。又有人打开一个盒子，里面是一个多孔的花瓶，精致极了。

我端起一个盒子，没有打开。回到房间里一看，令我惊讶——三个瓷碟！它们显然不算什么上品，因为釉面粗糙。一个画了桃子，一个画了杏子，还有一个画了菊花。平常的三个碟子。可它是一位善良的夫人送我的。我小心地重新包好，要把它带回东方。

回到家里，我把这三个碟子摆在玻璃橱里。小女儿问我："这是什么呀？"

"碟子啊。"

"谁给的？"

"一位老奶奶给的。"

"我们用老奶奶给的碟子盛鱼吧。"

我没有跟她解释这三个碟子为什么只能看，不能盛鱼。

有一次我们家来了客人，小女儿执意要用老奶奶送的碟子

盛菜。我还没有来得及制止，她就取下来送给妈妈：一个碟子盛了鱼，一个碟子盛了蘑菇，另一个碟子盛了五香花生米。我们吃得挺高兴，可惜收拾餐桌的时候，小女儿不小心把那个画了桃子的碟子摔成了两半。我赶紧把碎瓷片拼到一块儿。可是偏偏在几大块碎片之间，有花生米那么大的一个通洞。它没法保存了。

大约过了半年，那个画杏子的碟子也给打碎了。

就剩下一个画菊花的碟子了。这个碟子我再也不想摆在橱子中了，就装在了抽屉里。我只要一看到它，就会想起查理夫人，想起她陪我们走过的那片绿蒙蒙的土地。

　　我把这个碟子藏了两年多。后来有一次去抽屉里找东西，由于拉得过急，整个抽屉都掉到了地上……里面有件瓷器跌碎了。

　　我到现在才明白，瓷器是很不好保管的。无论是外祖母还是我，都没能留下这些易碎品。外祖母身处动乱的年头，却把那三个碟子保存了很久；而我还远远不如外祖母：三个碟子保存了三年。

　　我常常想起查理夫人。

牵手阅读

　　小说的前半部分，记录了身在异国他乡的"我"对查理夫人的一些印象，并联想到了自己的外祖母。然后，似乎是自然而然地，想起了自己难以释怀的少年往事：动乱年月，林中小屋；两个匪徒，三个碟子；少年的惊恐，外祖母的悲伤。"我"是否向查理夫人讲述了这个故事？好像没有。查理夫人的临别礼物恰是三个碟子，并且恰恰归于"我"，大概纯属命运的安排，当视为巧合和奇遇。小说的后半部分，写的是碟子的命运。"我"对三个碟子分外珍惜，心里视之为外祖母的碟子的重生。可是尽管如此，三个碟子最终还是先后碎掉了，可见瓷器是多么脆弱，命运又是多么无常。

　　故事是简单的，但作品的意蕴耐人寻味。外祖母和查理夫人，一中一外两位老妇人，都经历了苦难的摧残，但都活了下来，而且赢得了高寿。这真不简单。显然，人比瓷器经得起摔打，因为人能够自我调节。查理夫人经历了许多苦难，但是"留在她身上的痕迹却不多。她用什么办法把这些痕迹除掉了？"这似乎是个谜。外祖母的人生也同样如此，就连她如何将三个碟子保存了那么久，也是一个谜。

　　作品写的是碟子的故事，却是关于人的颂歌，它给我们的启示是：无论处在怎样的时代，无论遭遇到何种创痛，积极地修复内心，坚韧顽强地活着，是每个人必须坚持的信念。

山地一夜

一

翻过山冈，总算摸到了那条密林丛生的峡谷——我本来在图上做过详细的标记，但要找起来却如此困难。山涧溪流已经干涸，一条窄窄的河床从峡谷横穿过去。我们一直沿着河滩往前，这样走起来就省力多了。

向前走，河谷渐渐变宽，视界马上开阔起来。这是芦青河上游的一个支流。两岸的树木越来越密，也许是剥蚀土层越来越厚的缘故，这些树木大多比上游长得粗壮。它们更有力量抵抗季节气候的变化，直到现在叶子还绿油油的；而在河床较窄

的上游地段，两岸的树木早就开始脱叶了。

天色有些晚，我和梅子商量，想找个有水的地方支起我们的帐篷。从这个夜晚开始，我们要在山里度过了。梅子觉得这一切那么新奇，这会儿表现出进山以来从未有过的兴奋。

大约又走了两公里左右，河谷在一个花岗岩山脚下转弯——这里由于长年的冲刷，已经旋出一个很深很大的河湾，它积起的一片水潭十分可爱。这个河湾呈扇形，靠近"扇柄"的那一边水很深，展开的扇面外缘却浅浅的，露出一片干净的白沙，像退潮的海岸。映在水湾背后就是茂密的针叶林，林中混生了许多杂树，我在其中看到了东部平原常见的一些树种：枫树和野椿树。

我们都觉得这个地方真是美极了，当即决定就在河湾沙地上支起帐篷。梅子说在这里多住几天也会很高兴的——很可惜，看来我们大约只能在这里待上一夜了。

梅子支起我们随身带来的小铁锅，开始舀上河水，添一点米做饭。大概这个河谷很久没有冒过炊烟了，我站在一边看着蓝色的烟气向上升腾，觉得四周一些隐匿的小野物都在惊讶地注视着我们。河湾里有什么发出扑棱棱的响声，我想那是鱼在跳跃。河湾左侧的灌木丛里响起了咕咕的叫声，接着又有一种嘶哑的呼喊，它低沉苍凉，那一定是老野鸡了……这儿的一切对我来说是那么熟悉，它像是我的昨天，我也像是它的一部分：它早就融进了我的血液，或者是我深深地融入了它们中间……

满天星斗闪烁，墨蓝清澈的夜空让人感动。山风洗涤着肉体和心灵，一阵山谷里特有的醇香扑鼻而来。月亮还没有升起，偶尔传来的鸟雀扑动翅膀声、石块的滚落声，都显得遥远而又清晰……我们在帐篷口呆住了。随着天色越来越暗，梅子由兴奋转入了紧张。她四下张望，说：

"我们如果在这儿遇到什么事情，谁也不知道啊……"

我告诉她：不会遇到什么事情的——这儿比起那座城市，比起任何人烟稠密的地区，都要安全得多。我这样说不仅是在劝慰她，而是在转告一个得到反复证明的野外生活的经验，也是真理。我说着这些时，心里真的溢满了喜悦。

是的，许多年来，我在这儿体味了从未有过的安逸和舒畅。那是一些难忘的野外跋涉的经历，不论离开这里多久，每当重新归来，大山仍然会敞开它宽广的怀抱，紧紧簇拥一个不幸的游子……这次稍有不同的是，我带来了一位陌生的客人，一位异性，她是我的妻子。她这时该好好结识、好好依偎一下了，这里就是她许久以来感到迷茫的那片苍野，是与自己的丈夫连在一起的那种神秘的暗示和吸引、向往和拒绝……她轻轻呼吸着，看看我，又把目光投向那一溜隐约可辨的山缘和峰廓。梅子，此刻怎么说呢？我这会儿多么高兴，我正享用着畅饮般的快乐，这是一个人历尽辛苦才能酿出的一杯美酒啊！

我们在黑影里摸索着，点上桅灯。

天渐渐有点冷。我告诉梅子，我们该点一堆火了。

"点火？"

我点点头："点一堆篝火吧！"

我很快动手搞来一些干柴和茅草，接着动手点火。火苗燎起的那一刻，梅子又有了另一种不安：

"点上一堆火，人家远远的就会看见我们的。"

她说的"人家"指什么呢？这片荒野上根本无人，谁会在半夜里穿过那道干涸的河谷？更不会有谁从山丘上、从密匝匝的灌木丛中钻出来呀。

她说的"人家"，如果是指一些野物，那么我告诉她：这里没有伤人的野物，即便有，点上一堆火也只会更加安全。野物愿意遥遥地注视火光，但不可能走近。所有伤人的动物差不多都怕火。

二

火光映得四周通亮，大约在十几米远的这个范围内，我们差不多可以望见那些绿色的树叶，褐色的、浅黄色的石块，还有河湾里闪动银光的水……可以听见跳鱼在水潭里击出叮咚的声音，身后不时有什么哗啦一响，不知是什么小动物把酥石给踏落了。天上的星星仿佛逼得越来越近，大而明亮。这种洁净的夜空，我们一年里也见不了几次。在那座城市里，或者是其他地方，真的很少能看到这样的夜空。这儿的夜空仅仅属于这儿的山谷：原来一个地方有一个地方的夜空，夜空是分属于每一块具体的泥土的。

篝火有点减弱，我往里添些柴火。火苗在刚刚加柴的那一会儿变暗了，浓烟一团团涌出，可只一会儿工夫，火焰又高起来。一只鸟在空中叫着，声音微弱，可这声音竟能传得很远。那是一只孤独的夜鸟，即便在夜晚，在万物安歇的时刻，它也要独自奔波和寻找。

它要飞向何方？

我们搭着一条毛毯，和衣而卧，因为很久没有在这种环境里过夜了，都兴奋得睡不着。我让梅子讲讲故事，梅子说：

"我还要想一想。你先给我讲一个吧。"

是啊，这是一个多么适合沉思遐想的夜晚，一个多么适合讲故事的夜晚。我想给她讲一个山里的传说，可是这些传说大多都有一点神秘色彩，又怕增加她的惧怕。我想给她讲一个美丽的传说，可又觉得这类故事太俗。到底讲点什么？我思虑着，迟迟开不了口。后来我只是告诉她：在这座大山里，人们到了夜间都偎在被窝里，大人给孩子讲故事，孩子与孩子之间也互相讲故事。山里人原本就依靠故事打发漫长的冬夜。那时候这里没有电影，更没有电视和收音机之类，他们真的全靠故事来对付冬夜——让我们这会儿也使用他们的方法吧。

梅子笑了。

我与梅子说着话，声音越来越低，越来越低……尽管一时睡不着，但我们已经在不知不觉中追随着深夜里大山的呼吸，慢慢安静下来。

朦胧中越过了午夜。河湾中的鱼跳声逐渐模糊了……不知又过了多长时间，不远处突然传来哗啦一声。我立刻坐起来。

三

我迎着声音走出帐篷，用手电四下照着，什么也没有发现。后来我觉得帐篷近处那些灌木晃动得有些异样，就往前走了几步。我仔细地一个个树隙探照，最后听到了一种细细的、用力屏住的呼吸——我终于看到了一对发亮的眼睛。是猴子吗？是猫头鹰吗？不，我很快想到，那是一对人的眼睛！

我的心扑通扑通跳起来，鼓起勇气喊了一句："谁？"

"俺……"

一个男人的声音。

梅子也跟过来，抓住了我的衣襟。

我壮着胆子命令说："你给我出来！"

"俺出来。"

随着应声，灌木啪啦啪啦响，不少枝条随之被踩折了。他走出来，于是篝火下出现了一个奇怪的人影。他长得很细很高——也许是我的错觉吧，我觉得他的脖子只有手腕那么粗，而头颅至多有常人的一半大小，看上去就像一只奋力举起的拳头。他的两只眼角有点吊，鼻孔外翻。我断定这个人从来没有洗过脸，头发、颈部、整个脸上，还有身上的衣服，全都是土石颜色。我想他如果伏在山上，人们就很难不把他看成是山石的一部分。他或许有点像在山野里活动久了的蜥蜴或变色龙之类，已经自然而然地把自己的肤色与周围的颜色协调起来了。他站在那儿，如果说是一个人，还不如说是一个动物更为贴切。他除了会说话之外，那眼睛的神色、脸上的微笑，都有一点动物般的怪异。

梅子吓得牙齿发出咯咯的声音，大概她以为遇到了山鬼。我知道在这片大山里什么人都有。我打量着他，发觉他身后好像还有什么东西，因为他的两只手一直背在后面，好像藏住了什么。

"后面是什么？"

他吞吞吐吐。

我又问了一声，他才慢慢从背后将其拽出——原来那是一个小极了的人。仔细端量一下，是个女人。她的身高大约只有他的一半，年龄也比他小得多，可能只有二十岁左右，发育得不好，所以就显得更加瘦小。她也像他一样，满面灰尘，头发被尘土弄得乱成一团。

我长长地舒了一口气。

梅子见这个中年男子身边有个女人，这才安静下来。

我搓搓手，往篝火跟前凑了凑，也示意这两个人往前一点。

我问："你们藏在帐篷边上干什么？"

细高个子男人搓搓鼻子："俺常在这儿过夜，这地方有水，怪好哩！俺刚转回来一会儿，可不是藏了吓人的。俺回来晚了，腰里揣了两个玉米饼，看见有火，想借火烤一烤。俺压根没见这么好的小纸屋，走近一看，就不敢来哩……"

他把我们的尼龙充气帐篷叫成"小纸屋"，这使我觉得有趣而又不祥，因为我知道山里死了人时，老乡就给死者用纸做成牛马、猪羊，或者房子之类。我打断他的话：

"你领这姑娘是谁？"

"俺……俺姊妹。"

他一直说是"俺姊妹"。

"姊妹"在山里是一个非常含混的概念，这可以指有血缘关系的兄妹，也可以是一般男女之间的亲热叫法，更可能是未婚恋人的一种称呼，所以这会儿也就难以确定他们的关系了。

正当我们端量他们的时候，那个男人拍拍身后姑娘的背，姑娘就解了衣服上的一个扣子，从怀里掏出了两个巴掌大的玉米饼——它竟然是贴身放在那儿的！

男人接过来，在火上一翻一翻烤起来。我觉得如此携带玉米饼倒是极为别致，这样即便不烘烤，一路上它们也不会变凉。

他这样将玉米饼烤了一会儿，半边都给烤糊了也不在乎，拿起来吹一吹，一人一个咬起来。

梅子推了我一下，我想起什么。锅里还有一点米水，我们就放到火上煮起来。

四

我让他们喝一点稀粥。

他们看了看稀粥，嚷道："好东西，好东西。"用力鼓着嘴巴吹一吹，就在锅边上喝起来。梅子给他们一个碗，他们摆摆手："不用不用。"然后一口气喝完了稀饭。手里的玉米饼吃完后，他们又一块儿伏到水边上，咕嘟咕嘟喝起了生水。

梅子瞪大了眼睛，转向我。我倒觉得没有什么。

饭后我开始问起那个男子：哪里人，叫什么名字等。他不愿回答，只瞅着身边的小女人哧哧地笑。

女人伸手在衣服里摩挲着，可能摸出了几个虱子，一甩手扔到了火里。她说男人叫"兴儿"。

"兴儿，"我叫着他，"你们俩一直在外面转悠吗？"

"老在外面。"

"没有家吗？"

兴儿看看女人："也有也没有。"

"你多大年纪了？"

"三十五六。"

女人在后面哧哧笑，两手按在嘴巴上，又奇怪地把鼻子搓了一下。我问他们的那个村子离这里有多远？兴儿不高兴了，闭上了眼睛，使劲把嘴角瘪着。这样他的整个嘴巴变成了一条很长的线。

我觉得这个人的神经可能有点不正常，就不再问下去；可是我不说话时，他的嘴巴倒张开来，咕哝了一句顺口溜儿：

"问这问那，让人害怕！"

梅子笑了，我却没有笑。一句话让我突然意识到了什么：我刚才的确问得太多了，这很像盘问一个生人，至少是不礼貌的。像所有人一样，他当然也不希望别人扰乱内心里的某种东西，拒绝吐露关于自己的一些秘密。我知道很多流浪汉就是这样：高兴了可以无所不谈，可就是不允许别人刨根问底。我觉得自己不够尊重他，心里泛起一股歉意。我说：

"别把我们当外人，大家都是来山野里转的，只不过刚才你们出现得太突然，让我们有点害怕……"

兴儿这时脸上有了笑意。他在火光里盯着梅子的衣服看了又看，上上下下打量了一会儿，突然问了一句：

"县长是你家亲戚吗？"

这突如其来的一问让人摸不着头脑。梅子张大了嘴巴："干吗要跟他是亲戚呀？"

兴儿拍着两个尖尖的膝盖："我见过山后村县长一个亲戚，就穿了这样的衣裳……"

这很可笑，但我们都笑不出来。他的询问方式来自一种非常朴素的观念，显然并没有侮辱我们的意思。

这时候我想起了什么，到帐篷内的提包里翻找着，找出了一些糖果、糕点，还有一包香烟。兴儿和那个女人就大口吃起来。糖果咬得脆响，他们的牙齿真好。吃了一会儿，我让兴儿吸烟，他一把将烟推开："这种小烟棒，不顶事的。"然后就从腰上抽出了一个很大的烟荷包。

烟荷包里有烟有纸，烟纸是一些撕成长条的报纸。他飞快地卷起一支长长的喇叭烟，又从火里捏出一个彤红的木炭——

这真让我们惊讶,因为红色的木炭就捏在他的拇指和食指之间,我们差不多听到了炙烧皮肉的吱吱声,闻到了焦煳味儿,可他一点不在乎,硬是捏着它把烟点好,然后再把那个炭火重新放到火堆里。他使劲吸着,吸几口,又把烟蒂插到身边的女人嘴里。女人吸了几口,一边徐徐地吐着烟,一边对梅子说:

"不尝尝吗?挺好的关东烟。"

梅子连忙摆手。

五

他们吸了一会儿烟,两眼马上变亮了,话也多起来。兴儿拍拍肚子:"好一顿饱吃。"又说:"俺俩吃不愁,穿不愁,一天到晚满山走。天黑下来,俺就找个草窝,铺一铺,软软和和搂抱着一睡,比什么都好,给个县长俺也不换哪!"

看来"县长"在他那儿是最重要的一种人生参照。

"夜里不冷吗?天再冷下去怎么办?"梅子非常牵挂这两个人。

"天冷草多,人老觉多。"

梅子给逗笑了。

"睡在草窝里,两个人搂抱着,使劲搂抱,还怕天冷吗?

俺和俺姊妹就这样过冬哩。"

小女人笑着，一边笑一边偎在细长男人怀里，还把两只手插进男人的腋窝。看上去，他们在一起的样子有点像长颈鹿驮了一只小猴，令人忍不住要发笑。

兴儿又说："你俩看来也是有福的人，知道在野地里搂抱着睡觉，这滋味才叫好哩。在一块儿别吵也别闹，有点吃物一块儿分了吃，比什么都好……"

我深以为然地点点头。这时候我才多少认定了，他身边的女人就是他的妻子或恋人。我很想问一句他们什么时候结婚，为什么不在一个地方定居下来？但又怕惹他不高兴，就打住了。

他告诉我们，他们本来打算今晚就在靠近我们帐篷的那个灌木丛里睡觉。他说那里已经铺好了一个草窝。

我问："如果夜里感冒了怎么办？"

兴儿说："你是说病倒吗？哪能病倒哩！俺和姊妹从来不得病。"

他说这个夜晚有这么好的一堆火，就不到草窝里去了，他们要在火堆旁边过夜。我想请他们到帐篷里睡，可我看到了梅子担心的眼神，就没有说出来。

又玩了一会儿，我刚说要睡觉，兴儿突然从怀里摸出了一副肮脏不堪的扑克牌，摇晃了一下，非邀请我和梅子一块儿打几回扑克不可。梅子吞吞吐吐地推让，那个矮小的女人就大大咧咧地说：

"姊妹，耍耍牌儿吧，耍耍牌儿夜短。"

她一边说一边牵上梅子的衣袖往火堆跟前拉。

我们有点拗不过他们，只得玩起来。后来我才发现：原来兴儿和这个小女人玩牌的技术高明得不得了，前几盘我们很快就输掉了。兴儿伸出黑乎乎的手问：

"给点什么？"

这时候我才明白他是在赌博。我有点不高兴了，但又不愿惹他，就从衣兜里摸出了一个打火机——这是准备路上点火用的。他接过打火机看了看，说了句"也行"，就从领口那儿一下溜了进去。

接下去我和梅子说什么也不想干了，可是他们非坚持"再干几盘"不可，说如果我们怕输东西，他们就让着我们好了，而且还说赌输赢的东西可以小到不能再小——针头线脑、烟卷、玉米饼、花生米，反正只要有点东西就行。兴儿解释说："总归要赌点什么。说到底俺也不是为了东西，是为了一点'意思'，是吧？总不能白干吧！"

经他这样一说，我觉得倒也没什么，就把香烟和糖果拿出来。可是再干下去时，我又有些后悔了。因为我渐渐发觉，兴儿和他那个矮小的姊妹原来不仅打牌的技术高明，而且还很会做假：尽管手脚麻利，最后也还是被我发觉了。他们会偷牌，会在暗中飞快地调换。

我不忍戳穿他们的把戏，也就陪着玩下来。只是一个多小时的时间，我拿出来的所有糖果和香烟就全部输光了。

那个小女人剥开糖纸，把糖果放到嘴里，咔咔地咬碎了，说："赢来的东西就是甜哪。"

我觉得这是一对有趣的，同时也是一对无可救药的山间流浪人。

六

总算可以睡觉了。我们进了帐篷，发觉他们两人仍迟迟不愿睡去。这两个人遇上了我们大概很兴奋吧，一直坐在火边咕哝着，还互相脱了衣服，低头认认真真地捉虱子。他们两个在那儿折腾，我们也就不能入睡了。再到后来，他们离火堆很近很近搂抱着，刚一躺倒就发出了呼呼的鼾声。

我和梅子不知什么时候也睡着了，醒来时发现那两个人还没有醒，还在相搂着呼呼大睡。我和梅子都觉得他们的睡姿有趣极了，同时有些说不出的感动。

　　醒来后梅子就去做饭，她这一次要准备四个人的饭了。正淘米，火边的那两个人搓搓眼睛，一睁眼就大声喊：

　　"一顿好睡！"

　　吃过早饭我们就要上路了，可兴儿正玩兴十足，我们又不忍心马上把他俩抛开。我渐渐觉得这两人十分有趣。

　　兴儿小声问我："你媳妇多大了？"

　　我告诉他多大了。

　　他在我耳边上小声咕哝："她长得真好看哪——怎么这么好看？"

　　我没法回答。

　　他还是问得很认真："你说她怎么长这么好？"

　　我有点不好意思，指指他那个小女人："她不是也很好看吗？"

　　"那当然哩，"兴儿拍起了尖尖的膝盖，"说到底她们都是好东西呀，你想想，在冬天里咱要是没个女人搂抱着，冻也冻死了，渴也渴死了，饿也饿死了。一句话，死个十回八回也不稀罕！"

　　我被他逗笑了。我说："你看，你那个姊妹身体很单薄，我是说她很瘦小，身体一定很弱，你可要好好照顾她呀。"

　　"那还用说？俺对她老好了。俺过河蹚沟，都是把她揣在怀里。什么重活也不让她做，逮个麻雀子烧了，都是把'肉枣'塞到她嘴里。俺这一辈子也就这么一个依靠了，走哪儿带哪儿。俺用衣襟揣着她走的路，你这半辈子也走不完……"

他的话让我的心口热乎乎的。我瞥一眼梅子，发现她正在那儿收拾东西……太阳已经从山崖上升起来了，我们不得不启程了。临走时我说：

"兴儿，我们一块儿往前走一段怎么样？我们一块儿翻过前面的那座山好吗？"

兴儿回头和那个小女人商量了一会儿，好像他们在争论什么。争了一会儿，兴儿搓搓手过来了，对我说：

"我也想跟你们合伙，可是……还是算了吧。你们是好人，实话实说，我们两个手不老实，在一块儿时间久了，说不定会把你们的东西偷来。"

他倒真够坦率。我看看他那两只黑乎乎的手，有点不相信。兴儿把手举起来，说：

"这是真的。我这人啊，哪里都好，就是有一桩毛病改不掉：手不老实，见了好东西手就发痒，说不定什么时候就把相中的东西摸索过来，就是好朋友的东西也不行。"

我笑了。

他把两只手使劲往一块儿碰着："有一回，我看中了一户人家的芦花大公鸡，先是逗着它玩，再后来就设法把它偷来了。人家兄弟几个一开始也待我不薄，后来见我偷了他们的鸡，就把我抓住。我伸出右手说，当时就是这只手发了痒，是它逮住了那只鸡的——'你们真要够朋友，就把这只手给我用斧子剁去。你们今个不给我把这只手剁去，就是他妈的王八蛋，就不算真朋友'！那几个兄弟你看看我、我看看你，没有一个敢操斧子的。我就把手一摆说：'不剁？那这只手就归我了，啊？以后丢了什么东西可别再埋怨我'……打那儿以后，我就再也没去找那几个兄弟玩，因为他们不够朋友！"

他的奇怪逻辑让我忍俊不禁。梅子大惊失色地看着我，又看看对方……最后，我握了握他那只本该剁去的手，告别了。

我和梅子背着东西走了。

一直走了很远，他们俩还在河滩上望着我们，目送我们远行。

我想：这个河滩上度过的夜晚是很难忘掉的，也许很久以后还会记得起来。这两个人哪，在这片山野里到处游浪，我们有一天还会再碰面吗？

（摘自长篇小说《你在高原·忆阿雅》）

牵手阅读

　　这真是令人难忘的一夜。真实可触的大自然，对于城里人来说实在是久违了，一旦置身其中，便会有极其新鲜的感受：不仅是夜色中各种草木的声息，鸟兽鱼虫发出的动静，就连熟悉的夜空，也让人有了新的感觉和悟想——"原来一个地方有一个地方的夜空，夜空是分属于每一块具体的泥土的。"更为有意思的是，在这样的夜宿山沟的时刻，主人公夫妇竟然意外遭逢了一对流浪男女。两对男女之间的交流在悬念中展开，格外迷人而感人。突然闯入的流浪男女，起初让主人公夫妇受到了一点惊吓，随着逐渐深入的了解，又感受到了他们的诚实可爱。这对"野人"吃东西、玩扑克牌、在火堆旁搂抱着睡觉等细节，都因处于特殊的时空中，而显得奇异瑰丽。

　　在此，作家凭借对人物的准确把握和细致入微的描写，坦诚地告诉我们：人回归大自然，实际上是回家；大自然不会让人变坏，那些像动物一样流浪的人，其实也像动物一样淳朴。

盲女闪婆

一

她是个瞎子，叫闪婆。

再也没有比她更奇怪的女人了，那个白，真正的洁白洁白。她眉毛浓黑，又细又长，缓缓地向斜上方伸去，只是到了额角才怏怏停住。颧骨太高，使人想到这张白脸正在旺盛地生长呢。五十多岁了，但没有一丝皱纹。鼻中沟很长，上唇使劲鼓着，像握有重权的男人一样自信和充满力量。

她一天到晚紧闭双目，只是听到什么声音才猛一睁眼，一道明亮的光束稍纵即逝。但所有人都在这瞬间看到了这双眼睛多么纯洁、多么明亮，黑白分明。她什么都看得见，但极为短暂，所以不得不算作瞎子。

也许正因为如此，她才那么难以对付。

有一段时间，村里的忆苦高手金祥完全不是她的对手。她忆苦时盘腿而坐，充满魅力，火一样燃烧的激情和过人的温柔打动了千千万万的人。很久以来，她差不多只是倚仗小平原上的人对她的特殊崇拜而生活。人们送给她嫩玉米和枣子。有一段正是青黄不接，她被人用地排车拉走，回村时怀里抱了一瓶醋。她喜欢光亮，因而常常到街头来，总坐在离家不远的一棵槐树下面。过路人常误认为她是一个瘫子。没有什么能瞒过她，有人从远处走来，只要听见脚步声她就知道是谁，能否在这棵树下停留。她有个好人缘，即便在繁忙的秋天也总有一些人陪她说话儿。她是全村少有的机智人，没人能够与她舌战。在激烈的争辩之中，她始终微笑。提到金祥，她说："哟哟，这个老不死的，他这些天哪去了？"金祥结婚的消息曾经使她不快，但她并非爱着金祥：作为一个对手，金祥应该到处与她一样，比如像她一样没有配偶。

她爱的人一直未变，就是五年前死去的男人露筋。他比金祥还瘦，只是骨骼大一些。闪婆与他的婚姻也许是天底下最为奇特的了，人们估计闪婆如今的忠贞也与这段奇遇有关。

露筋年轻时——大约十九岁时就满脸胡须，下颏前翘，毛发焦黄闪着淡淡金光。他的胸部坚硬，胸骨极为清晰地在皮下一块块紧凑组合。眼珠淡黄，有着无法祛除的嘲笑神气。他从来没做过一点田里的事情，极为蔑视劳动。他的父亲曾预料儿子将来会饿死，或者艰难的生活能将其教训过来。他错了，因为他不明白，真正的懒汉是没法教导的；而技高一筹的懒汉从来也不会饿死。他们似乎总是幸运，无忧无虑，过得从从容容。不知有多少人想做这样的懒人，结果白费力气。因为正像任何天才一样，懒汉也是天生的。当你看到他们摇摇晃晃地走在街头，眯着那对不怨不怒的眼睛，你怎么也弄不懂他们究竟从哪里搞来了吃食。

肚子啊，想装饱它就装饱它，世上只有少数人能够做到，而懒汉们差不多也做到了。

我们的露筋就是这样的一个人。他夏天斜戴一顶草帽，腿上穿一条古怪的、一只筒长一只筒短的半截裤，随意周游。小村的人都料定他是光棍中的光棍，是无可疗救的一个落魄鬼。

像所有懒汉一样，他过早地学会了喝酒，脸色赤红的时候格外慷慨，愿意帮人做事，比如帮助推车上坡的人加把力，扶一下老头老婆子等等。看上去乐善好施，品质优良。没有酒就恢复了冷漠，步伐紊乱，谈吐狂妄，莫名其妙地谩骂大家惯常尊重的一些人物。有一次他似乎在影射一个本家长辈，还做着下流的手势。待到有人出来揍他时，他已经逃远了。人们说，这会是为全村招惹是非的人。但大家又没有任何办法。

这个软弱无力的、从远处迁徙而来的小村哪，它甚至没有力气去惩治一个不肖子孙。当时周围村庄里正流行严厉的惩戒：如果出了公认的孽子，那么族长可以召集村民决议，对孩子实施极刑。最有名的方法是把他装入麻袋，从崖上抛进海里。有一个村子甚至用竹板活活夹死了一名欺辱族长的人。按理说露筋也在剪除之列，但仅仅因为他降生在这样一个不成方圆的村子里便苟全性命。至于他本人，似乎对严酷的现实毫无认识，竟然愈加放荡，不仅是游手好闲，也不仅是嗜酒，最后竟盗窃自家的东西出去变卖。他父亲两次被气昏过去，发誓要打折他的腿。他从外面回家，老父亲用杠子打他，他轻而易举地夺过来，用斧子劈了；老人又抓起一条扁担，刚举起来，又意识到是一条不错的扁担，就赶紧扔掉了。老人全身颤抖，用巴掌拍他，他一低头，从父亲的胯下钻过去。

在十九岁的这一年，他游荡到了一个山坡上。当时正是挺好的九月。满坡的高粱玉米喷出香气，小鸟胡乱啄着一地果实。盗贼遍地、强人横行，有钱的地主雇用了火枪手守在田里。曾有两次他被护秋人误解，还受过轻伤。所以他每到一地，总是

格外小心。

　　这山坡上有一个禾秸和茅草搭成的小房子，窗户小得只能探出一个人头。他趴在小房子边上，嚼着东西吃，心想如果能进屋吃上一碗热饭那可太棒了。正这样想时，小窗口上出现了一个人。他张大的嘴半天合不拢。

　　多么奇异的女人！哦哦，她把脸仰在小窗上，看一地成熟的稼禾，用那个小鼻子闻粮食的香味。她的眼睛或许只睁开了一次，然后一直紧闭。

　　他探头探脑，心怦怦跳。

　　那张脸太能吸引他了，就像一只洁净的白瓜描上了眉眼！洁白的皮肤与漆一样的乌发对比是何等鲜明！多么娇弱，多么招人疼。

　　露筋在田野上游荡得又野又暴，这会儿只想凑近她，说上一两句话儿。

　　他咽下嘴里的一点东西，然后往前走去。

　　玉米叶儿被风吹得哗哗响，但姑娘还是听到了有人碰撞叶子。她喊一声："谁？"

　　露筋把草帽正一正，回道："我哩！"

　　姑娘立刻在窗户上架起了一杆黑乎乎的土枪。

　　他双脚像被什么缠住了，双手用力摇摆："你怎么了？你可别碰那个机子……"

姑娘闭着眼说："别凑近，俺爹不在家！"

他说："我又不是贼，我是过路人哩——你听听我的口音。"

"你走开！"姑娘厉声说。

露筋跺跺脚："我要讨水喝哩！"

"这里没你喝的水。"

他蹲在离小屋五六步远的地方，身边是纠扯在一起的长蔓青豆。他抬起头，端量了一会儿说："你怎么不睁眼？真瞧不起人。"

姑娘身子一晃，说："走开！关你什么事！"

但她真的睁了一下眼，又飞快地紧闭了。露筋觉得她的眼大概有什么毛病吧，不过这眼睛让他心里燥热。他的脚一活动，枪栓就唰啦一响。他叫一声"哎哟"，又重新蹲下。青色长蔓儿像网一样纠缠了他的双脚，一动也不能动了。他感到了一丝绝望，双眼紧盯黑洞洞的枪口。

后来他站起来，说一声："我记住了你！"转身离开了。

从此他的漫游再也不是无边无际了。他在田野里流窜毫无目的，有时一抬头，正好看见那个秸秆搭成的小屋。热血在身上奔突，他老想跳起来骂点什么。

多么柔弱可怜的小东西，兴许双眼还怕光呢！他觉得她仿佛偎在他怀里，一起喝酒、周游平原和山地，采集了无数的果子和鲜花，偷了一万户人家的烙饼。他想象着，青筋噗噗蹦跳，后来竟然哭了起来。

有一次，一只硬硬的大手搭在他肩上，喝一声："小伙子哭个什么？"他转脸一看，见是一个身背土枪的汉子，毛发旺盛，脸色通红，像小草屋的颜色一样。一个奇怪的声音在心底提醒他：这就是小草屋的主人，是那个苍白姑娘的父亲！

他一机灵，说："俺是赶路的，俺饿病哩！"

大汉哈哈一笑，牵上他的手往小屋走。

他们走进屋子，那个姑娘带点霉味的香气一下子飞进了鼻孔。姑娘跑上来，抓住爸爸的手问："爹，你领了谁回来呀？"

他抢先一句："俺是赶路人哩，俺饿病哩！"

姑娘的眼睛闪开一次，站在干粮篮子跟前。站了一会儿，她取了一块地瓜饼交给了他……

他大口吞咽，很像一个饥汉。他暗暗观察盲姑娘，觉得她像柔软光滑的花草编成的，轻轻的，香香的；她走路没有一点声音，像一瓣儿鲜花落到了地上。没错，十年来他到处奔波，也许老天爷是让他来抱走这个姑娘呢！

大汉到里屋拿什么的时候，他跨到她跟前，附耳低语：

"给我做个媳妇吧！"

她像被什么砸了脚，呀的一声大叫。

大汉转身奔出问："怎么了？"

盲姑娘咳一声："手在桌子上……磕了一下。"

露筋从那以后一直徘徊在小屋四周。盲女的父亲一离开屋子，他就跑到小屋里。他发誓要抢了她，跑进无边的田野里去。她骂他土匪，说总有一天她爹会用土枪打他。

有一天他试着搂抱了她，她无力挣扎，清清泪水从一溜睫毛上渗出来。当他进一步抚摸她时，她就咬他，让他看见了一排又小又齐整的白牙。"这是小兔才能长出的牙哩！"他说。她的牙齿渐渐嵌进他的肌肤，鲜血染红了盲女的嘴和脸颊。露筋用衣袖给她擦干净。她不停地哭、踢打，又突然在他怀中把身子挺起来，说："你听，你听！"

露筋朝小窗瞥了一眼，见护秋的汉子背着枪走来。他毫不迟疑地扛起她破门而出，撒开腿奔向了玉米地。盲姑娘呻吟、呼叫，大汉提着枪追上来。他没命地奔跑，像狼一样勇猛机敏。盲姑娘像棉花一样轻，他捂住她的嘴巴，一蹦三跳地越过一簇簇倒伏的玉米秸。

枪声在身后响着，他一听就知道枪口朝上，霰弹打不到他们。

他们终于跑到了山坡的另一面，跑到小平原上。盲女睡着了一般无声无息。他找到一个长满草的平坦地方放下她，接着眼前一阵发黑，一头栽倒了。

待他醒来时，发现盲女站在离他五六米远的地方，像观察一头野兽一样朝这边注视——当然那眼是紧闭的。

他挪了一下脚，像偷扑一只小鸟那样伸出手。

盲女立刻说："别动。"

他不敢动了，问："你怎么不跑呢？"

"我想看看你有多么坏。"

露筋的眼睛一阵发热："你离那么远能看得清吗？太远哩！"

说着几步跨过去，蹲在了她的跟前。

她睁了一下眼。在这几分之一秒里，她看清了这个胆大包天的男人：形销骨立，头发像玉米根一样，连鬓胡茂长，完全是一个野人。只有那对眼睛好看又善良，像头发一样黄。

她第一遭见到这么奇怪的男人，也许他来自无法理解的遥远的地方。她紧闭双眼，像猜测又像探问，语气突然变冷了：

"你敢说你不是欺负一个瞎眼姑娘？"

"你的眼睛亮着哩。"

"我爹愁煞了，他说我……"

"什么？"

"说我嫁不出哩！"

盲女呜呜哭。露筋抱住她，吻她鼓鼓的额头，吻她不愿睁开的眼，昏头昏脑喃喃低语。直到暮色洒下来，他才站起，遥望北方说：

"走吧，咱回小村去，咱有家哩！咱回去成亲……"

二

露筋抱着他抢来的女人，日夜不停地赶路，三天三夜才回到他的村子。

阳光热辣辣的，从他们迈入街巷的第一步，太阳就晒得他们汗水淋漓。这个小伙子因为连日奔波已变得十分虚弱。村里人大惊失色，奔走相告，他们只一会儿就明白是怎么一回事，看出他怀中的女人无法大睁双目。"看哪，瞎子！瞎子！"小孩子嚷叫着，老婆婆深一脚浅一脚地往前凑。后来她们拍打了一下膝盖，便去小泥屋通知露筋的老父亲。

当一对拥在一起的年轻人走到自家门口时，他们发现老人正怀抱一杆赶牛的鞭子，立在柴门一侧。露筋放下盲女，往前走了一步。父亲打量着儿子，发现这个黄毛小子的眼里再也没有了嘲弄的神气。尽管这样，他还是说了一句：

"我们家不要瞎子。"

盲女上来扯住露筋的手，一言不发，往村外走去。他们告别了无数挑剔的、疑惑的目光，一直向田野走去，直走到荒无一人的茅草丛中，才倒下来。

他们睡着了，大雨浇泼都毫无察觉。

这真是一场大雨，洗去了他们身上十几年的积土，浸泡着他们包了一层老皮的脚丫和双手，手指变得葱白一样娇嫩。茅草湿透了，他们发出了鼾声。盲女偎在小伙子的胸膛上，鼓鼓的额头贴紧他的胡子。

雨停的时候已是下午了，阳光从云隙射出来，把他们唤醒。

露筋跳起来，抖落了一身水珠，重新将盲女抱在怀中。她的紫色花衣服紧裹在身上，显得更加娇小玲珑。露筋吻着她，握住她的小手，让她抚摸自己粗糙的、布满伤痕的胸脯。盲女的声音像蚊虫一样，他的耳朵被这声响弄得痒极了。

盲女的小手像梳子一样理着他的络腮胡子。她说，因为她看不见东西，差不多是父亲把她抱大的。此刻父亲肯定以为女儿遭了强盗了。快些回小草屋吧——当他明白面前的小伙子不是强盗，就会让他们在小屋里成亲。

"咱要回家成亲，不是吗？"盲女问。

露筋坐在茅草上，害冷一样牙齿打战。后来他迎着落日站

起来，重新扛起她往前蹚去。他们不知踩倒了多少庄稼，一直
走，走进漆黑的夜色。有时他们听到扳弄枪栓的声音，赶紧伏
下来。霰弹好几次从他们身侧飞过。白天，他们找来一点地瓜
或豆角，躲在沟底烧熟了吃一顿。他们不知耽搁了多少时间，
还迷过路，以至于小小的红色草屋出现在视线里时，他们都吃
了一惊。

玉米和豆子收过了，小草屋孤零零地伫立。一个满脸胡须、
双眼血红的汉子摇摇晃晃从屋里出来，一见到他们，立刻反身
取了土枪。

"爹！俺是回来成亲的呀，爹……"盲女叫着。

回答这声呼喊的，是轰的一声巨响。

还好，枪口抬高了几寸，不然两个人都要倒在血泊里了。

"爹，你不要我了啊？爹……"

盲女大哭，露筋抱了她，逃离了这个空荡荡的山坡。

背后又传来一声枪响，像是为他们祝福。

露筋望着响枪的方向，神色凄怆。秋风搅弄干枯的叶子，
扬上半空。

从此人们常可以看到一对破衣烂衫的人在山地和平原上奔
波，风餐露宿，像老鼠一样满地觅食。他们很少到村子里乞讨。
那个瞎眼女人十步之内就可以凭嗅觉找到野果，那个男人出现

在山坳的时候，手里总是提满了形形色色的食物。有时他们坐在山坡青石上饮酒，酒醉后手舞足蹈。一丛干枯的玉米秸秆、村头的草垛子，都可以成为他们过夜的好去处。在庄稼成熟期，他们为人做活，也积攒点什么。他们把食物藏在谁也不知道的地方，一直可以保存到来年春天。当护秋的人抖动土枪时，他们就扯着手飞快奔跑。更老一点的护秋人叹息说："别惊动他们，他们是在成亲哩。"

大雪覆盖原野的时候，他们像草獾一样躲在洞里：这是他们在秋末掘成的，巧妙地利用了枯水季节的河阶，那里有被汛季大水旋出的悬土顶子。他们在里面塞了无数麦草，又编了柴门。有人从河对岸走过，看到那个巨大的洞穴，叫一声："草獾！"他们无声无息，在洞里忙活着。有人阻止胡乱呼喊的人说："别扰乱他们，他们是在成亲哩。"

一年一年过去了，瘦弱的盲女变成了粗粗胖胖、泼泼辣辣的人，露筋的腰倒有些弓了——人们说那是经常弯腰钻草垛和土洞的结果。

"咋还没生下娃来哩？"经常看到他们的人都牵挂这个。

有人猜测说："天天吃生凉东西，饥一顿饱一顿的，哪里有娃生！"

他们的乐趣只有自己才知道。他们手扯着手游荡，一会儿出现在东，一会儿出现在西。有时盲女扮成卖唱的，进大户人家逗趣儿，趁机摸走一点东西。有时露筋夜行四十里逮一只肥鸡，天亮以前烧得喷喷香。吃不愁、穿不愁，方圆几十里一对自由自在的福人儿。

他们曾经暗暗寻访过那个红色草屋，发现那儿只留下了一堆灰烬。灰烬中有几个铁铆儿——露筋认出是土枪上的东西。他们打听了一下，才知道护秋老汉半夜被一团火球烧死了。死的前一年疯疯癫癫，走路时常常闭了眼，比画说："这样子的，就是俺闺女。"

盲女哭得死去活来，直挺挺地躺在灰土上。她说："天哪，咱本该在这儿成亲哩！"

没过几年，小村人把话传到了他们耳朵里，说那个倔强的老头子也死了，只剩下一个空空的小泥屋子。露筋这会儿已经漂泊了二十多年，四十多岁了，听了消息泪水哗哗。哭过之后，他扯上老婆子的手说："走吧，回家去成亲吧。"

一对苦人儿归到小村里了。他们住进村子东边的灰色泥屋，静静地过日子。

露筋开始的半年里不怎么离家，人们说他还没有亲够这座家传的小土屋呢。等他的气息将土墙呵透的那会儿，他还会沦落山野，谁见一个流浪汉安居乐业了？还有那个紧闭双目的女人，浑身散发着草籽气，像是田里的一只草獾，她可不会在这儿住久。

人们很快给她起了新的名字："闪婆。"有人当面这样叫她，她痛快地应了，好像等待小村人送她这样一件礼物已经很久了。闪婆，还有比她苦楚更多的人吗？可她总是笑眯眯的。尽管如此，后来寻找忆苦的人时，人们还是找到了她。

露筋真的在村里安顿下来。他出奇地勤快，将小泥屋重新抹了一遍，堵死了所有的裂缝和奇怪的洞眼。有些不易察觉的洞眼是村里的年轻人偷偷戳的，他们需要了解小泥屋里不为人知的生活，窥视人生的全部秘密。不少人爱上了闪婆，爱她洁白无瑕的皮肤和柔软的纤手，甚至是稍长的鼻中沟。后来闪婆走上忆苦台，在热烈而悲切的呼叫声中泪水滚滚时，怎会知道台下正有这么一帮年轻人呢？闪婆夜晚被请到哪个村子，他们就拥到哪个村子……

三

在一个秋天，小泥屋里第一次有了哇哇的哭声。一个小男孩降生了。他长得酷似父亲，露筋觉得自己再生了一次。他与妻子商量，给他取名"欢业"。

"孩子是父精母血啊！"

露筋将祖辈流传的真谛传授给闪婆，泪花闪闪。

有一件事一直藏在他心中，他不能说出来。他觉得自己活不久了。这本来早该发生的，因为还没有个后人，所以老天爷耐着性子等他。如今时辰到了。

露筋双腿沉重，走路一拖一拉，咳起时眼珠都要憋出来。闪婆抚摸着他，觉得他皮下的骨头开始变酥，正在慢慢锈蚀。

露筋躺在炕上，回想着田野里奔腾流畅的夫妻生活，觉得那是他一生里最幸福的时光。有谁将一辈子最甜蜜的日月交给无边无际的田野？那时早晨在铺着白沙的沟壑里醒来，说不定夜晚在黑苍苍的柳树林子过。……雷声隆隆，他们并不躲闪，在瓢泼大雨中东跑西颠，哈哈大笑。奇怪的是那会儿并没落下什么病，离开田野住进小屋了，老天爷才让他的腰弓了、腿硬了，真是老账新账一块儿算了。不过他不后悔，他常常说，这些小村的人白过了一辈子啊！

在泥屋的大土炕上，他用力搂着闪婆，有时余出一只手去摸儿子，紧咬双唇不语。此刻他脑海中回荡着的，竟然是一首流传在山冈和平原的新歌。

他在心中一遍遍哼唱，只学会了两句。

他那么喜欢这首歌，觉得它多少也写了他们哩。

夜色中，他冲着闪婆的耳廓唱道：

我们都是飞行军，

每一颗子弹消灭一个敌人！

……

闪婆看不见他的脸。她不知此刻男人的泪水正一串串流下来。他受不了心底袭来的什么，转过身子，让泪水在脸上漫开。

欢业长到两周岁，露筋死了。小村里失去了有史以来最优秀的一个流浪汉、一个懒惰的天才。剩下的只是天才的影子，小泥屋里的闪婆。她身上有他永不消逝的气息，有他内在的、嘲弄一切的气质。

闪婆把悲伤深埋心底，手扯儿子欢业的小手走出泥屋，在槐树下盘腿而坐，微笑着度过一个个秋天。每年的九月都使她激动，这个月份在她的一生中刻下了深痕。比如她是九月里出生的，九月里被人抢走的，九月里成亲，九月里又失去了男人。她隐隐约约觉得九月里还有大事情在等着她。闪婆坐在树下，用手抚摸着光光的泥地，心情慢慢和缓下来。

一些光棍汉来到树下，常常话中有话。她微笑如初，因为她还没有发现一个真正构成威胁的人。

欢业慢慢长到六七岁了，越来越像他的父亲。村里人把欢业叫"小毛子"。他对闪婆百般依恋，一开始就出奇地孝。他日夜伴着母亲，为她引路，为她解闷儿，还为她挠痒。闪婆说："俺孩子和他爹是一模一样。"

露筋死了以后，村子里按规定保起他们娘俩，口粮可一直发到欢业十八岁。村里人饿不着，闪婆就饿不着；她比全村人优越的，是她尚可在忆苦归来时捎回一些吃物和杂乱东西。那真是不错的收入。

有一次她捎回一个烫面卷儿，像花一样好看，闪婆舍不得吃摆在了炕头上。全村都知道闪婆家有一个烫面花卷儿。没几天，闪婆一觉醒来发现花卷儿没了，放花卷儿的地方放了一个泥捏的下流东西。她费力地睁眼看着，然后从窗口扔出去。那一夜原来没锁门。她的心狂跳起来。丢掉一个烫面花卷儿事小，失去了别的事就大了。她从那个不体面的礼物上判断出，摸进来的是一个光棍汉。

第二天夜里她久久不能入睡，身子伸直又蜷曲。小欢业被母亲的折腾惊醒了两次，问："妈，你肚疼吗？"闪婆说："好孩子，睡吧。"孩子睡着了。他再一次醒来时，就去吃奶。其实闪婆没有奶水了，小欢业总在半夜里用力吸吮一会儿，尽管嘴中空空，还是得到极大的满足。闪婆佯装不知，总是一句接一句问："喝饱没？"小欢业咽着什么，不停地发出"嗯、唉"的声音。闪婆抱住孩子瘦小的屁股，把他整个地兜在胸前，叫着孩子的小名，说孩儿呀，可疼死了你妈妈，你是妈妈的一件宝物，知道吗？小欢业说："怎么不知道？""你长大了，能护住你妈不受人欺吗？"小欢业吐出奶头，说："能唉。"闪婆吻着孩子的额头，就像当年在庄稼地里那个毛脸男人吻着她那样。孩子的小额头滚热滚热，用手轻按，会觉出厚厚的肉儿。黎明时分，闪婆小声向男人发誓，并且相信他在冥冥中一定听见了。她一字一字地说：

"欢业他爹，你放心吧，俺要为你守住瓜（寡）儿。"

小村里再也找不出像闪婆这样镇定自若的寡妇了。人们觉得她一生狂欢，如今对村里懒洋洋的男人早已厌恶。

"过了江海，还怕土沟沟哩？"村里有个外号叫"红小兵"的老头这样评价说。他对闪婆多少有点敬重，认为她也算个走南闯北的人。

黑煎饼在村里兴起的日子，闪婆好一阵难过。她数叨说："欢业爹，你是没福的人哪。你晚走几年，也该吃上这煎饼哩。"她包了很多煎饼，牵着小欢业的手来到男人坟前。很多老婆婆都跟上去，想看个究竟。闪婆把煎饼放在地上，拢点草，又围着坟堆画了个大圆圈儿，然后点上了火。她和儿子跪下来磕头。

煎饼在燃烧中散发出辛辣刺鼻的气味，火苗儿是淡蓝色的，就像硫磺在燃烧。她数念道："欢业爹，这些煎饼你尝尝吧。你一辈子也没吃上这口食儿。那会儿咱吃生东西多，我病了，你下河逮鱼，冰碴儿割破了腿，血水儿流到脚踝上。回到家来住了，咱吃的是糠糊糊、地瓜干，是瓜梗瓜叶儿。这会儿有了巧人，她教小村人摊煎饼。她是天上掉下来的人哩。尝尝煎饼吧，这是咱一辈子也难求的吃物哩……"她烧过煎饼，又恢复了微笑，步伐舒缓地扯上儿子归来了。

有个叫金友的男人在阳光下看着闪婆走过，总要哼哼一声，说："这个大白家伙。"不过他不怎么围着那棵槐树，而是远远端详。

有一次他去看闪婆摊煎饼，在鏊子边上蹲了半天。糠火燎得他泪流满面，他一边咳一边用手搓眼，有时还主动去为闪婆搬来糠草。闪婆闭着眼摊饼，拿油布、团弄面团，一丝不差。金友见脚下有个金壳虫在爬，就捏了放在刚擦过的鏊子上。谁知闪婆取出滚热的金壳虫，飞快地扔进了金友衣领里。金友大叫大跳脱了衣服，为了报复，他伸手在闪婆胸前拍了一下才溜走。只一下就把闪婆拍得火起。她坐在那里，让一团湿面在鏊子上冒烟，直到焦煳味儿呛得她大咳起来，才用刮板刮掉。这证实了她以前的猜疑。一月前的一个中午，当时她正抱着欢业在槐树下与人拉呱儿，突然有一个人走过来。她从声音上判断出是邪人金友。她依然微笑着说话，对新来的人不理不睬。一会儿，金友对欢业动手动脚逗起来，有几次手碰到了她身子。她知道那是故意的。那只手有一股猪屁股味儿——一种霉烂了的皮革味儿。

她脸上第一次失去了微笑，一种即将来临的恐怖笼罩了她。她喊着："欢业！欢业！"儿子从小泥屋跑出来，手里提了一条蜥蜴。"你什么时候也不能离开妈妈，听到了吗？"闪婆一边用油布擦鏊子，一边叮嘱。欢业牵着蜥蜴尾巴在地上倒走，说："嗯哪。"

好不容易借到鏊子，闪婆一连几天摊制煎饼。煎饼摞成高高的一堆了，她还在不停地做。这是在收拾整整半年的吃物啊，她干得有滋有味儿。这些煎饼要装进紫穗槐囤子里，上面再扣一个铁锅。

这天她正做着煎饼，金友又来了，闪婆飞快地调弄糊糊。金友嘻嘻笑："咱不过像露筋一样——喜欢热闹。"

"呸！"闪婆甩掉手上的面糊，"不准提欢业爹的名儿！"她把面糊搬到鏊子上，发出了吱吱的响声。

金友叹叹气："看你拗的，犯得着吗？"

闪婆哼一声："你看错人了。俺要为欢业爹守住瓜（寡）

儿。"

金友一声冷笑，趿拉着破鞋子走了。

欢业问："妈，他想干什么？"

闪婆说："他想……把鏊子打碎。"

欢业说："他忒坏哩。"

闪婆亲了亲儿子。

煎饼全部做好了，邻居家来人接走了鏊子。该往囤里放了，一摸囤子，里面的衬泥剥落了不少。这种草泥要抹得又实又匀，女人可做不了啊。

闪婆告诉了队长赖牙，一会儿却来了金友。他说："队长派俺来哩。"

闪婆一声不吭，抄手坐着，听他吭吭铲土、倒水，哧哧地掺和麦草糠。她想男人露筋活着那会儿，这样的活计早做好了。他们从来没吵过嘴，是这个小村里从未有过的一对恩爱夫妻。他高兴时，差不多是呵着气儿跟她说话，半夜醒了还要亲她一会儿。男人从未嫌弃她，他说今生今世也找不到这样一双眼了，平时懒得睁一下，睁开就是透底地亮。他还说她的睫毛压成厚厚长长的一溜儿，怪好的。夜间搂着男人，她不由得想起燃烧的红草屋。那个深夜风如狮吼，一团亮火裹着一个男人、一支枪。枪化掉了，男人也变为灰土。她一夜一夜颤抖。有一夜她清清楚楚记住了父亲托梦给她，她看见他真老了，步子蹒跚，拄着一根玉米秸走来。他说：你是个有罪的女人，你把爹一个人扔在大火里。老天报应你，时候一到就夺走你的男人，让你一个人拉扯孩子，受尽苦楚……她吓得缩成一团，缄默不语。她知道命中有个孩子。天亮了，她与露筋商议说："咱快有个娃娃吧！"果然，欢业就来了。

金友把大囤子躺倒，一个人钻进去，先敲掉枯碎的干泥，然后准备上新泥。他后背对着闪婆，嚷一声："来泥！"闪婆这才记起有人在帮她做活呢。她赶紧去找端泥的板子，摸索着走到囤子跟前。

金友说近些近些，然后一把将她揽进囤中，用手封牢了她的嘴。

她咬他的手，他就狠狠给了她一掌。

天哪，除了露筋，别的男人一辈子也没有碰过她呀！她用腿蹬着，大囤子在地上滚动起来。金友发疯地搓揉她，她大口地唾他。囤子滚到欢业身边了，孩子蹲在那儿用铁锥划土玩呢。闪婆喊了半句就被金友捂住了嘴："快用锥子……"

欢业飞也似扑来，囤里的情景让他呆住了。他举着锥子，对准了金友的后背，不轻不重地刺了一下。金友跌出来，血立刻从后背上渗出。欢业追上去还要刺，刺了两下没有刺中。金友跑了。

闪婆的衣服被撕破了，头发乱成一团，浑身都是土末子。欢业哭着抱住她。

她坐下来，一下一下抚摸孩子。她说："好儿快长。长大了那天，给你妈报仇。记住，谁碰你妈一下，就让谁死。"

欢业神色肃穆，看看远处，自语说：

"我让金友死。"

（摘自长篇小说《九月寓言》）

　　露筋和闪婆两个人自由结合、反抗世俗的爱情，既不为双方老人所接纳，也不被村里人所看好，所以他们只能选择四处流浪。他们在野地里相亲相爱，活得像动物一样无拘无束。他们的人生轨迹，可谓生动流畅。露筋被村人视为懒汉，但其实，他最重要的特点并不是懒，而是胆大妄为，是不愿被束缚。他对盲女的爱恋，他把盲女强抢出茅屋成亲，实际上是对盲女的拯救。而盲女，是一个心里透亮的女子，对露筋的勇敢和挚爱始终报以深深的感激，即使在露筋死后，仍然信誓旦旦地要为他守住"瓜（寡）儿"。当邪人金友意欲侵犯她时，她一次次毫不留情地予以回击，并教导儿子欢业捍卫母亲的尊严。这种朴素的情感，这种黑白分明的是非观，深深地影响了欢业，孤儿寡母的依偎因而显得悲壮而感人。

　　这是一场浪漫的人生传奇，一首动人的爱的诗篇，这样的人生，这样的故事，因为来源于大地和民间，所以既是真实、健康的，又是富有生命力的。

农民诗人

一

我相信"农民诗人"是一些天赋秉异的人。我们曾经宣传过很多"农民诗人"，他们在底层，在艺术特别是诗歌艺术的罕至之地——是在这些地方出现的一些奇妙人物。但是后来，许久之后我们才发现，这些人中的一大部分往往很难被称为"诗人"。不是因为他们的作品表现形式上的粗疏，而是其他，是因为其中最致命的东西的丧失——缺少诗意，缺少生命和个性的魅力。作为一个诗人，这都是最迷人的部分。他们更多的倒是一些巧言趣话的制作者、一些滑稽人、一些善于说顺口溜的人。

在这里我们必须指出：要让一个自然而然地生长起来的农民诗人丝毫没有顺口溜的倾向是不可能的，也过于苛刻；但我们必须透过这一切屏障，望到那对在欢乐中燃烧的眼睛，感知其羞涩而激越地跳动着的一颗心脏。他们贴近泥土，颜色相近，可你只是凭感觉，而并不需要逻辑和学术方面的推导辨析，就能一下知道他们是否正是我们所要寻找的——诗人。你被他们打动，而这恰恰是因为可以称之为诗的那种东西的缘故，正是它的力量——是它们在出其不意地突袭过来，掀你一个跟跄，你站稳之后，定定神，就不得不在心里发出一个肯定的低语，说：我遇到了一个诗人。

到现在为止，四十多年来，我相信我的确是遇到了一个农民诗人。当然这个地方不是别处，就是我一再提到的那个渤海湾畔的"犄角"，是片很小的土地。

当地人一直传说有这样一个"出口成章"的怪人：他记忆力特别好，荒诞、不正经，构成了一个村庄或是更大一片地方的欢乐的来源。人们对他钦佩，但绝谈不上尊重。当时这儿并没有"诗人"这个概念。他们把一些说快板的、能言善辩的、说数来宝的、所谓"死人也能说活"的一些人，统统称为"嘴子客"。说某某人是一个"嘴子客"，一个"大嘴子客"，或者说"神了，嘴子客"。

二

在沿海的一个村庄里，我第一次见到这个"嘴子客"。这个村庄现在看人烟稠密，大约有四五百户；作为一个基层行政管理机构，它负责的范围还包括周围三四个更小一点的村庄。这个村庄的全名必须冠上两个字："灯影"，正式的村庄普查书里都有这两个字。可以想见很早以前，这里还是大片荒原，人烟稀少。想必是远方的人往大海方向走，走到黑夜，模模糊糊从丛林缝隙中看见一线灯影。很诗意。

一个诗人在灯影里，这本身就很诱人。

就在那个较大一点儿的村庄里，也就是灯影里，我遇到了那个人。那时候他很年轻，但由于我更年轻，所以看上去他是真正的大人。今天屈指算来，他当年也不过三十多岁，是一个成家立业的人，即所谓"拉家带口"的人。

那个年头仿佛人生孩子很容易、很快似的。记得他当时已经有了三个孩子，两男一女，一律淌着鼻涕。他的老婆是一个身材细小的人，心直口快。给我印象最深的，是她那一双美丽的大眼睛，和发紫的、显得不甚好看的两个高颧骨，以及同样是紫色的肥厚嘴唇。用今天的眼光看，她也许并不难看，有点像亚热带的女人。可是在当时，谁都知道"嘴子客"娶了一个丑老婆。

无论是当年还是现在，人们对于美都有一些固执的、特殊的规定。比如说在五六十年代，人们眼里的美女必须是圆圆的大脸盘，只要有了这样的大脸盘，眼睛和嘴巴，更不要说鼻子和其他了，倒不再重要。人们看到大脸盘的女人就说：瞧呀，美丽大姑娘！而且在犄角一带，从过去到现在都不时兴娇小的女人。他们希望她的身材相对高挑，粗一点不要紧，只要匀称、健壮就好——再配上那样的大圆脸，也就十全十美。

由于诗人的老婆完全不是那种类型，所以人们都认为她丑。要从今天的角度看，她的肤色、脸型更有个性；她的身材，用当代人的审美标准来看，那也是时髦的。可惜当年大家都不以为美，诗人也就不以为美了。

他们经常吵嘴，但关系总还过得去。生活艰难，吃地瓜干，不停地劳动，清晨和夜晚都要赶到田里。在那种枯燥、但有时也显得过分热闹的集体劳动中，无论是家庭生活还是其他，都容易处理得多。忠诚和团结来自相濡以沫的生活，富贵和金钱、物质享受，的确可以让人心涣散，让亲密无间的朋友、让异性之爱腐败变质。

当时我是被嬉皮笑脸的一圈人推到了前面，因为在那儿，就是这个所谓的"大嘴子客"在即兴表演。

他穿了一件藏青色的衣服，一条有点短的黑裤，裤脚很宽，腰上用布条紧紧系了几下。那种老式上衣穿在身上，真像某种拘束衣，看上去两个肩膀被绷得很紧，两条胳膊往一旁翻着。他在人们闪出的一小块空地上，仰头、眯眼，进入了沉思。

这时候大家都一声不吭，有的还半张着嘴巴盯着。所有的人都在等待，等待那突如其来的、一连串古怪而有趣的、让人沉醉的话语。

这个人真是貌不惊人，矮小，不，是粗胖：典型的五短身材。他的头有很长时间都在忘情地仰去、仰去，两眼迷蒙，嘴巴抖动——抖得越来越厉害；后来，他的两手突然拍开了肚子，一下一下拍打。

就这样拍了一会儿，才渐渐睁开了眼睛。他在轻轻转动头颅，好像在寻找天上的星星——大白天什么也没有，只有一轮太阳在稀疏的云里。他开始数叨起来，一句一句，越数越快，越数越流畅。

我发现，他说的都是一些合辙押韵的话。

他在诉说一场战争。这场战争年代模糊，在他嘴里变得多少有点逻辑混乱。我听着，觉得一会儿像朝鲜战争，一会儿又像是跟日本人打仗，还有时候几乎就是一支部队在怎样巧妙地围追堵截一股可怕的土匪——这股土匪就在古代的这片平原上，在荒野里出没，伴着老虎、狼、豺狼等等凶恶的野兽。这场酷烈的战争中，战士手持矛枪、机枪、手榴弹，甚至是一种特异的、神奇的飞弹，坐着飞车……总之，战争中运用的不同手段在科技程度上相差悬殊，更说明了他的编排正处于混乱状态。可恰恰也就是这种混乱，使他获得了更大的自由。

他说得有趣极了。大家一会儿发出"喔！啊！""啊哟，他妈的！""混蛋，真是大混蛋！"之类的喊声。每个人都忘记了一切。高潮一次又一次来到。

也就在这时候，我发现诗人做出了一个奇怪的动作：他扯住藏青色的衣襟，猛地一拉，发出了啪啦啦的响声，衣怀一下子敞开了。原来他的衣服钉了一排暗扣。随着这啪啦啦一声，胖胖的肚腹完全袒露出来，油光锃亮，像他的脸膛一样，都是黑红色。他两手拍打肚皮的时候就发出了乒乓声，伴着吟唱、数叨，真是显得格外来劲。

一会儿他的脸上满是汗珠，一首诗吟诵完了。

大家鼓掌、跺脚，看着他大口喘气。

只是一会儿，有人就喊着他的名字，让他再来一段，再来一家伙，快些，再来！

我也跟着喊起来，忘记了一切，忘记了对方刚刚经过了一场激动，十分疲劳——人们在索取快乐的时候总有点儿贪婪，我也一样。

他显然没法马上满足大家，他在喘息。后来他蹲下，坐在了半截土坯上。这时他又变得和大家一样了，笑眯眯的，懒洋洋的，显然不准备"再来一家伙"了……

<h2 style="text-align:center">三</h2>

就这样，我记住了这个人。

当时，我只知道他是一个说快板的，一个"嘴子客"，一个头脑特别机敏而又多少有点儿失了正形的人，却没有想到他是一个诗人。要知道在平原上，一个男人的本分是田里的劳动，一个好男人要有劳动方面的超绝技能，因为他要忙生活，要顶着一个屋顶，率领一个家庭；他对于妻子和后代的责任，就是不仅能让他们在自己身边幸福，而且还要给他们打好未来生活的基础。像我遇到的这个诗人，他的嘴巴和头脑没有为他获得任何物质上的利益，所以人们在内心里并不看重这样的人——虽然要时时想起他、需要他。因为人们也可以忘记他，忘记他又不影响自己的生计——像那些村边的树木，某一棵因为长得特别高大或特别好看，他们有时候就会想起它，偶尔还会拿来夸耀。但这些植物，它们的命运，毕竟还不能与村民的命运联得更紧，二者之间也难以找到切近的因果关系。他们很容易就忘记自己在酷热的正午要在它的荫凉下获得宝贵的歇息，或在这儿思索、倚靠；他们更不去想：整个村庄都因为这些植物的生长而变得美丽，变得让人更加向往。这些树木与他们的村庄在平原上构成了非常和谐完美的存在。

当我长得更大一点儿，懂得了一些事情之后，开始用研究和探询的眼光来看待这位农民诗人了。我开始有了"诗"的概念，并且在正视这样的一个现象。

我想了解他识多少字，他那些脱口而出的、像泉水一样奔流的妙语到底来自何方？是来自心灵，还是来自他的记忆和阅读？

探询中我终于明白了，他一个字也不识，是真正的大老粗，连自己的名字都写不好。而他吟诵出的那些词句，一大节一大节从没有人记录过。有的他自己能记住，有的时间一长连自己也忘记了。而且其中的一部分，的确是他在参加晚会或到别的什么地方听来的，比如快板、数来宝之类。农民诗人当然没有什么版权意识，他并不认为由自己拼凑改装和转述会是一种抄袭。但可贵的是他在转述过程中总要做重大修改，大把大把掺进了自己的喜乐哀伤；他把它们串在一起，结果原作就给搅得混乱而有趣。比如说我小时候听到的那一场长长的吟唱，就是这样的产物。

时至今日，我后悔的是没能够帮助他，帮他把那些复杂多变、令人眼花缭乱、产量大得惊人的吟唱记录下来。晚了，一切都晚了。随着年龄的增长，他吟唱的数量越来越小，记忆力也自然而然地开始减弱，诗句变短，美好的段子也在遗忘。而这个村庄里最喜好听他吟诵的一些人，也在开始死去；剩下的一些人，他们只能记取一点点片断和个别的句子。因为那些吟唱毕竟不是来自他们的心灵，那是别人的，是他的，是那个五短身材的贫困的人。

这里必须指出：诗人一般而言是必要贫困的，农民诗人更是如此，或者说农民诗人也不例外。在城市，甚至在国外，也并没有多少特别富裕的诗人。变质的诗人可以过得马马虎虎，纯粹的诗人好像就必要忍受贫困。

像我所看到的这个诗人，就是这样。我进过他的院落、土坯房，亲眼看过他的生活。他的房子甚至没有砖石做的墙基，瓦顶刚刚换成，前不久还是草顶；土坯院落上，是没有上漆的一扇薄板门——而在不久以前这还是一扇柴门；泥院坑坑洼洼，上面满是鸡粪和草屑以及一些灌木枝条……我不知这样的小泥坯屋，一旦来了大一点的雨水会不会坍塌。好像这儿近些年不曾出现过那样的雨水。

我曾在诗人热乎乎的土炕上攀谈过。当我郑重地请他把那些我印象当中最有趣的诗句复述一遍的时候，他显得作难了。他说得断断续续，远远不及在田边和村头那么精彩。

我知道他需要激动，而我唤不起他的那种激动；他需要迎和，需要刺激，需要群情振奋，需要这种所谓的"场"来给予刺激和配合。

尽管如此，他还是吟出了很多。

我问他那些听来的部分如何记住？为什么能够听到一次，就几乎一字不差地转述？他的脸红了，好像我是第一个指出他是"听来的"，是转述。他说：那怎么会忘呢？那比自己编还不是容易得多！

我听了觉得有道理，可后来一想还是费解——这需要多么好的记忆力，这简直有点神奇了。但我又想，这种超群的记忆力，可能更多地来自他对一种艺术形式极度的、出于生命本能的挚爱。是巨大的挚爱，才让他焕发出巨大的捕捉力和记忆力。他觉得听到的这一切是如此有趣，简直不可多得，也就紧紧揪住，使它再也不能失去……这个情形在一般人身上也同样可能发生。

四

我指出他是一个名副其实的农民诗人，是指我亲眼所见、亲耳所闻，特别是身临其境的那种感悟和判断——我知道他会沉浸、会感动、会深深地感动；他会追逐一种意境，用自己所习惯了的形式来加以表达。而这形式更为直接明了，更能达到他所神往的那个境界。有时候，他的吟唱还具有一种史诗意味：这正是生于民间、土生土长的一类艺术家的共同之处。他们编年史式的诉说和记忆，有时候会不知不觉地踏入史诗领域。

一个宗族、一个村落、一个地区所发生的一些大事，险峻、怪异，值得被后代人所记起的一些事物关节，都在这种吟唱中被如数地穿起。他们在诗的丝线上娴熟自如地拨动那些彩色的珠子，一串又一串。有时候他们添上一两枚，有时候他们减去一两枚——一首长长的史诗就这样诞生了。而且他还在接续上去，没有头尾……这就是所谓的民间文学，所谓的诗和史的结合。

最后，当我终于记起他来，终于让兴趣、好奇心以及闲暇凑合一起的时候，我去寻找他，才发现晚了。

农民诗人不在了。

他好像不是直接死于贫困，而是死于沮丧。因为后来电视机有了，通俗歌曲有了，牛仔裤有了，录像机影碟机有了，什么都有了，钱也有了——这是指周围的人——当他们一切都有了的时候，往昔那样的聚会也就没有了，村头和田边地垄的集体劳动也就没有了。诗人再不能把他的吟唱和冲动完整无损地交给身边的人，即便是他的妻子和三个孩子——他们也像别人一样忙，没空听自己父亲的"穷说"。他感到无处吟哦，就只能自言自语；偶尔一两次有几个听众，也不多。今天，他的吟唱更多换来的倒是嘲笑和怀疑的眼神。

这个时代，好像从城市到乡村，都无一例外地丧失了欣赏诗的能力。

诗人寂寞了、沮丧了，后来也就死去了。

五

他死去很多年之后，人们好像才突然记起了什么，有人一打听，他们立刻一齐大声感叹：他呀，那个人，哎呀，不简单！

就这样一个不简单的人，当年却没有人帮过他，不论是物质还是精神，都没有给予他什么援助。

真的，他是寂寞而死，忍受而死，特别是——沮丧而死。他对许多许多都感到沮丧。如果我能及时赶来倾听这吟哦，就一定会听到他吐出的沮丧的内容，沮丧的节奏……这同样是诗。

没有了，来不及了，我赶不上他的吟哦了。

我去看了他的坟头，很小，在荒野里孤零零的。奇怪的是这个村子的坟头大致是垒在一处的，那是所谓的族坟地；而这个诗人明明属于他们一族，坟头却孤零零的。它这么矮小，上面的荒草长得稀稀疏疏——好像荒草也不愿到这儿来生长。我不知道，也不想问。生前给别人带来那么多享受和欢乐的人，到了晚年，特别是死后，却要如此孤寂。

看来，现在，即便是另一个世界的人，也不需要诗了。他们不需要一个人激动的吟唱，不需要倾听。

不知是后人的决定，还是他生前的遗嘱，让其做出了这样的身后选择：孤独。

盯着这个坟头，蓦然想起了他的音容笑貌：激动的样子，头颅向上仰去，眯着眼睛，嘴巴颤抖；他黄黄的脸色——还有，我仿佛在什么场合见过他头上捆过一条土黄色的粗布……这个平原上的人是没有这样的衣着习惯的，但我越来越认定，没有错，他头上的确系过那样的粗布：这使他看上去更像一个弄小杂耍的，愈发滑稽和无足轻重，不过也更加让人难忘。

我长久地看着他的坟。

我在想：如果有人把他所有的吟唱都记录下来，那该是多么了不起的一个长卷。那种丰富、瑰丽斑驳，是足以让好多领受风骚的所谓大诗人感到脸红的。

真的，我见过这样的一个人，我跟他交谈过，他的家在一个叫"灯影"的地方。我现在不过是记下自己所看到的一个奇迹，如此而已。

牵手阅读

　　一个没有念过书的农民，却能出口成章地吟出长长的合辙押韵的诗篇来，真是令人惊讶。在作家看来，那些诗带有一定"史诗"意味，属于真正的民间文学；这让作家念念不忘，无法释怀。他相信他遇见的是一个民间奇才。

　　文章中，作家先是追忆了小时候亲眼见到这位"农民诗人"拍着肚皮吟唱的情景，然后写了自己多年来对他的思考和探究，以及再后来对他的寻访。得知"农民诗人"已经在寂寞中死去，作家深深地为之遗憾，说他是"死于沮丧"。是的，随着时代的变迁，那种适宜奇才生长的土壤已不复存在。作家写下此文，等于记下了一个不可复现的奇迹，一个远去的时代的绝响。

王
血

　　人们步入荒原时，总会发现各种各样奇奇怪怪的事情。一些从未见过的动植物从眼前掠过，引起阵阵惊喜；但他们却极有可能忽略这样的情形：在一片茂长的茅草和灌木中间，有时会看到一个不规则的圆形，它寸草不生，是裸露出的一片黄土或沙粒，与四周的蓬勃形成了鲜明对比。

　　回忆一下，似乎多次见过这样的场景了，只是谁也没去多想什么。辽阔的荒原嘛，本来就是无奇不有，发生什么都是自然而然的。

　　但这毕竟是一片空白，它什么也不长，仔细想想有多么奇怪！每年的风沙搅起来时，草籽纷纷落下，为什么它就寸草不生呢？

听听那些荒原故事吧，它们或许会使人恍然大悟……

很早以前有一个大王，他和所剩无几的士兵被敌人追赶到一片荒野上来，最后就战死在这儿。士兵围在他的四周，一个一个倒下了。就是士兵的血使这片荒野的树木和茅草一代代生得如此繁茂。大王倒在中间，他的血渍过的这一片却寸草不生——王血有毒。

这故事如果是真的，那么这荒野从古至今不知有过多少次壮烈搏斗。

那个大王身高八尺，刚开始的时候没有盔甲，兵也是一些普普通通的人。后来队伍越拉越大，兵也就服装齐整，他自己也穿上了盔甲。他们都使用矛枪，无比英勇，所向无敌，攻下了无数城池。每进一座城，他们就放手抢掠官家的财物。再后来，大王就立起了自己的城池，血红的旗帜迎风飘扬，上面书着大王的名字。左右再不敢直呼他的名字，都称他为"大王"。

大河的另一面，战鼓不绝，杀声震天，他的兵士正在和敌人做殊死搏斗。夜晚，他站在城墙上，望着远处红色的月光，误认为那是战火烧赤了天空。他说：

"好壮丽啊，山河壮丽。"

大王没有读多少书，他小时候跟父母在渠边上种地瓜。父亲用一根紫穗槐条子狠抽他的脊背。那时候他刚刚八九岁。父亲因为他偷食了瓦罐里的一块地瓜干：那是父亲用来充饥的。父亲在地里抡镢头，刨出了一些茅草根，很小的大王就负责把草根拣出来，扔到水沟里。

这片地瓜田已经种了好几代，奇怪的是越种面积越小。邻近的一个富户不断把土地往这边推拥。大王的父亲敢怒不敢言，有火气就向着儿子撒。大王脊背上满是伤疤。他牙齿咬得格格响，一声不吭，两手像抓钩一样从土里抓出茅根。

那个富户土地越来越多，后来盖起了一座青砖大楼。大王十八岁了。

父亲冬闲时去打猎，打到了一张猞猁皮，儿子就把它捆在了赤裸的身上，又用猞猁头部的皮做了一个帽子，虎气生生地顶在脑瓜上。

父亲不怎么打他了，因为有一次父亲举起树条又要抽他的时候，他用手指捅了父亲的额头一下，只一下就把父亲的额头戳出了血。父亲擦血时，他又用拐肘照准父亲的肚子猛地一顶，父亲一下弯了身子。

父亲已经七十岁了。大王说：

"我早晚要杀人，兴许第一个杀你。"

父亲一声不吭，他想起自己是一个老人了。他在儿子身后

躬腰走着，像一个老仆人。

大王依然种着祖传下来的这块劣质土地。不同的是，他用一把镢头将那块土地不断地往外扩。

有一天，一群浑身抹了颜色的人把大王截在路口上，把他的衣服扒下来，然后每人上来揍了一顿。他身上紫一块青一块卧在那儿。他们临走又把他翻过来，在他脸上解了溲。他咬着牙，一声不吭。当这些人散去时，他的四肢在地上屈着，屈着，腰慢慢弓起，最后一下站了起来。

他回到家里，命令父亲把仅有的一头小猪杀掉。父亲不杀，他狠狠地盯他。父亲就把尚未长成的一个猪娃杀了。

他喝了汤，身体很快就康复了。

康复后第一件事，就是跟父亲要来那把宰猪的刀子。他把刀子磨了半夜，用它把自己的头发全部剃去，说："好刀。"

他腰里插着这把刀，趁黑摸到了青砖楼房的顶部。他抓住上边一个人，问清了主人住在哪里，就摸进二层拐角的一个房间，毫不费力把那人的头割了下来。他把头颅提在手里下了城，又使足力气把它摔在砖墙上。

他蘸着血在砖墙上写了一句粗话，迈着大步走回家去。

父亲一看他浑身是血，知道杀了人，吓得泣不成声。大王问："从今反了。你是等着人宰，还是先让我宰？"

父亲双手颤抖，刚叫了几声，脸一紫就不动了。

大王发现他死了，说一声"孬"，跺了跺脚，把溅在身上的血用灰土搓了一把，别上刀子上路了。

这一夜星光黯淡，风都是黑的，他一直往前闯。

后来他结交了一些拦路贼，又结交了一些无家可归的流兵，做起一面红色的旗帜。队伍拉起来了，大王的口号喊得震天响，所有人都知道来了专打抱不平的好汉。他们一半害怕一半钦佩，手端着最好的米面，最肥的猪肉献给大王。

大王好东西越吃越多，身子越长越壮，渐渐肌肉鼓胀，皮肤闪着亮光，两眼黑白分明。

为了增加威气，他用鸡蛋清把头发搓了，让其根根直立。人家都说："大王怒发冲冠。"

大王只穿黄色的衣衫，他把这些像金子一样闪亮的衣服紧裹上身，下身则穿一条黑色皮裤，又用皮条胡乱缠了几道。

他的刀越用越大，后来非他不能取起。打仗的时候，他一声呼喊，山摇地动，所有人都没命地往前赶，有人跑得慢了，他就喝一声"孬"，甩起飞叉把那人的脚跟叉豁。没有一个人敢落在后头。猛虎一样的队伍无往不胜，大王的名声一直传到京城。

皇帝闻听有人造反，发下重兵围剿。他轻而易举就把皇兵打败。

大王率领的反兵像野火一样不可收拾。

无数有文墨者投奔了大王，他们都是些机灵人，看准他可以成事。大王说：

"你们这些不中用的东西，来了也好。"

大王闲来喜欢哼歌，就让新投来的人编一些给他。这些人不知道大王喜欢听武歌还是文歌，就试着每样编了一点。有一个秀才以为大王是个有名的武士，一定爱听慷慨悲歌，于是献上一首。大王听了，一阵暴怒，命令人把他的额头刻上一个字。另一个见了，赶紧回去修改，后来就献上了一首情意绵绵的小歌。大王非常高兴，咧着嘴巴，从身上取了一块金子赐下。那人赶紧跪下磕头，大王怒喝一声："去！"

有一次他们攻打一座城池，从中捉到了大量花枝招展的使女和仆人。大王手持一个墨碗，不时给瑟瑟抖动的女人额头沾上一点墨汁。所有的人都有点惊讶，不知大王要干什么。后来大王说：

"所有沾了黑点的人，都赏赐了。"

手下人听了，一齐上前，每人抢了一个去了。

这时那堆女人当中只剩下几个额头没有沾墨的了——原来她们如此鲜丽！大王说：

"你们好好服侍大王。"

其中的一个少女异常美丽，只是特别弱小。她的嘴唇哆嗦着，惊悸的目光瞥一眼大王，双膝跪下，头也不抬。大王伸手把她的下巴托起，说：

"好。"

"陛下……"

大王哈哈大笑。他第一次听人这样喊叫。其实这是小女子以前喊惯了。他把她抱起，又解开上衣，使小女人贴紧在他粗糙的肌肤上。他用衣服将其包起来，像抱一个很小的孩子一样往前一摇一晃走去，剩下的两三个女人跟在身后。

大王把小女人抱走之后，只让手下人去料理战事。军情危急时，他才扯着小女人一块儿走进帐篷。小女人就伏在他的胸膛上。他一边拍打着小女人，一边听着禀报。报告战况的人满脸虚汗，青筋鼓起，大王却无动于衷。

几天过去了。

半夜里，大王被城外的火光惊醒了。他听到震天的喊杀，这才穿好衣服跑出来。他四处怒吼，可是被敌军围杀的兵士已经不听号令。眼见得冲天大火越烧越近，喊杀声也越来越近，大王这才跳上战马，把小女人扶到马背上，领着一帮兵士往北跑去。

他们翻过泰山，渡过黄河，再往北，直跑到了登州海角的一片平原上。

敌军穷追不舍，最后把他们紧紧围在了荒野。

大王把他的刀戟插在沙土上，一面旗帜立在一边。他让所有人都喊他陛下。四周的人跪下来，喊了一遍。小女人在他赤裸的胸膛上依附着，泣声不住。大王问：

"你怕死吗？"

小女人说：

"我就像陛下身上的一根毛发，生来就是随了大王的。"

大王哈哈笑，命令左右端上酒来。他狂饮了两口，咂咂嘴，觉得这酒不是味道——人们在慌乱中胡乱取了一瓶劣酒。

喊声越来越近，大王命令勇士们奋力拼杀，以血祭土。勇士们往前冲，大王眼见他们像退潮的海浪一样涌荡，最后倒在沙土上。血泛着泡沫染红了绿草白沙。小女子拔剑自刎。

大王仰天长啸，一双圆目瞪得老大，想用刀剑割断自己的喉咙，可是还没动手，就飞来一叉，叉在了他的胸膛上。一股浓浓的血喷出，他摇晃了两下就倒下去。

大王的血比所有人的血都稠、都多，汩汩流出，染过一片沙土……

但这还不是故事的结局。

当所有的尸体都被取走时，荒野上出现了一些衣衫褴褛的人。他们都是从很远的地方奔来的，都听说大王在这里归天了。他们好不容易寻到大王死去之地，用鼻子嗅，用手抠，每人都从那片沙土上挖走了一点。他们相信：王血是能够避邪的。

　　他们把那些土带回家，装在了一个很小的瓷瓶里，放在几案正中，用香火供奉。

　　也有人否定这个流传的故事，他们说：什么大王，那不过是在一个饥馑年头里，老族长领来一帮逃荒的人；也是翻过了泰山，渡过了黄河，最后在这片荒地上扎了根。他们到河里逮鱼，到海边上捡鱼虾，在野地里采野果嫩芽。就这样，这个大家族活下来了。

　　后来族长越来越老了。他是家族里最有威望的一个人，一声号令，所有人都必须遵守。所以他活着时，这个家族条理分明，纲纪清晰。家族里严格遵照婚配原则，每一支人都按辈分排列齐整，没有一个女子或男子敢于胡来。这个有着血缘关系的大家族繁衍很快，奇怪的是一代比一代矮小，就是说人的身个与辈分正好成正比：辈分越大，身个越高；所以当这一族人站在那儿时，你一眼就可以认出老族长。

　　老族长面色发黄，皮肤没有一点油性，像已经被熟皮子的人熟过了似的。他满面暮色，银须飘洒，戴着一顶毡帽，穿着一件鹿皮衣服，一天到晚不动声色。他的眼珠已经完全变黄，咳嗽声如同朽木断裂。所有人都知道他活不久了，但那些妄想胡作非为的年轻人还是盼望他即速死去。他们在一边试探观望，等待族长咽气的一天。

族长活得很艰难，但是活得很长久。在他七十岁的那一年，他为自己做了一具很好的寿材，自己也误认为用上它的时间不会太长了。可是令所有人都感到失望的是，那副寿材搁在一个草棚里，虽然遮挡着阳光风雨，也还是慢慢朽掉了。族长依然健在。

人们彻底失望了，也就不再为他做寿材。族长后来身体糟到了不能再糟的地步，说话已经含混不清，全族里只有两三个人可以分辨他的语意。他只能吃族里两个最年长的老女人为他做的瓜叶稀饭，吃类似的流食。

有一次，有人为了尊敬他，做了一只团鱼。他们按照过去的老法，把团鱼血放在一个酒盅里，让族长饮下。族长饮了一口，觉得不能下咽，就原样不动地喷了那人一脸。从此之后，再也没人敢奉献补品了。

族长的食物越来越简单，越来越朴素。到后来他只吃一点柳芽和苦菜。

入冬之前，人们为了给族长准备一点食物，就采下了很多草芽和菜叶放在沙土上晒干。族长不沾一点荤腥，所以越来越瘦，形容枯槁，好像一阵风就能把他吹倒。没有人能够明白：族长正是因为坚持了严格的素食，才能活这么久。

就这样，族里那些年轻男女一次次失望，到后来彻底绝望了。至少有几十对男女要近亲婚配，他们都处在热恋之中，内火熊熊燃烧，他们扬言要杀掉老族长，还有的甚至配好了毒药。可是没有一个人敢于把这些付诸行动。族长轻轻咳嗽着，拄着一根柳木拐杖，在一个个小土房子跟前徘徊。那拐杖轻轻的捣地声，在所有人听来都好似雷鸣。大家匍匐在炕上一声不吭，等待着拐杖的敲击声远去。

家族继续繁衍，荒滩上已经形成了一片古怪的、建筑矮小的村落。老人们相继死去，年轻的长成壮年，少男少女们沾染了恶习，一个个面黄肌瘦。那些想违禁婚配的人再也得不到机会，等着皱纹爬上额头，银发掺进鬓角，终于放弃了最初的打算，抱定了独身的主意。

到这时节，族长自己至少已经换了六次老婆，一个比一个年轻。与他一起过了六十年的那位夫人死去时，族里为她立了一个很大的坟堆。再到后来，那些年轻的女人与族长同寝时，族里的人就不怀好意地互相注视。他们原以为族长很快会化为灰烬，等待着幸灾乐祸。可同样让他们失算的是，族长依然如故，既没有再年轻，也没有再衰老，倒是那些年轻女人一个个很快衰败了。大家终于深深后悔，认为不该纵容族长再娶了。

事情一旦开了头就不便终止，族长仍旧婚娶，并终于活了下来。但到后来，人们还是发现他离死亡只有一步之遥：他的牙齿慢慢脱落，仅剩下的几个也在动摇。人们兴高采烈地说："族长又掉了一颗牙。"

也就在牙齿开始脱落的那一年，族长开始吃起了流食。后来人们才明白，牙齿脱落只不过带来了一个改变饮食习惯的后果，其实并无伤大雅。

又是两个春天和冬天过去了，第三个春天来临时，族长觉得牙龈发痒。后来他惊讶地发现，又有新的牙齿从牙龈钻出，新牙像儿童的乳牙一样，既白又小，十分稀奇。他整夜摸着自己的牙齿，笑声像蛇蝎发出的声音。

族长重新长出牙齿的消息很快传遍了全族。这时的村落已经无比巨大，没有多少人还记得族长早年的故事。所以这些人只对族长怀着敬畏和惧怕、像对待神灵和上帝一样的心情。这时年纪最大的就是当年那些妄图违禁婚配的几个男女，他们如今已成了老太婆和白发老翁了。只有他们知道事情的严重性。

族长的规矩越来越多，已经使全族人无法平安度日。随着年龄的增大，他的怪癖也越来越多，比如下雨天要让全族人脱光了衣服站到雨地里淋浴；炎热的夏天，正午太阳底下，他要让最老的人和最小的人站在毒日头下，说是炼炼皮骨。有人不堪忍受，当场就被太阳晒死了。

有人在一块儿慢慢策划，策划出一个毒辣的计划。他们冒着巨大的危险，下定决心要干一件有利于全族的事。有人连夜磨着一把三环刀。

又是一个月过去了，机会没有到来。他们总觉得族长从世上离开时定有什么异兆。一天夜晚，月亮突然由黄变红，接着淅淅沥沥下起了雨，而月亮的颜色却没有被乌云遮住。这显然是一个兆头。

族人派出了一个最胆大的猫眼小伙，交给他磨得锋快的三环刀。授刀人嘱咐：必须看准了族长的脖颈，连砍三刀。因为这不是一般的人，他至少有三条命，一刀是砍不死的。要把头颅撤离躯体至少五步之遥，然后才可以走开。年轻人依嘱行动，当夜就把族长砍死了。

族长一死，万众欢欣。但是每个人都不敢表露心中的兴奋。他们装作很悲哀的样子互相串门，只在阴暗的角落里交换着自己的喜悦。他们暗中送给那个行事的年轻人一些金钱，有的姑娘还去抚摸那个年轻人的脸和手。有人细细问起族长被砍死那一刻的情景。年轻人对此拥有无上的权威，一直沉默不语。到后来追问的人实在太多，年轻人还是不说。

几年之后，当年轻人娶走了这个族里最美丽的一个少女，又生下第一个娃娃的时候，他才把那个场景向大家简单做了描述：

族长躺在那里呼呼喘气，声音均匀。他走过去，非常沉着地摸了摸族长的喉管，又摸了摸他脖子上的骨节……

"族长醒了吗？"

"族长照旧睡着。他的皮肤太老了，已经没有知觉。后来我不是砍，而是照准脖子像拉锯子一样拉了几下，把他的头锯下来了。"

"族长没挣扎呼喊吗？"

"没有。族长已经活得太久了，又是个很沉着的人。我像拉锯子那样割他的头，割到一半时他才醒来，睁开眼睛，眼珠里没有恨，也没有惊慌，更没有痛苦，就那么平平常常看了我一眼，然后又闭上眼睛睡了，打起了呼噜。"

所有的人都惊呼出一口气来。

"我就在他的呼噜声中把他的头割下来。只是在头离开肩膀的那一会儿，呼噜声才一下停住。"

"流了很多血吧？"

"没有。我割下族长的头才发现，原来族长的肉、骨头，早就风干了，没有一点水汽，更不用说血了。你想一想，人给风干成这样，还会再老、还会死吗？"

一句话击中了要害，所有人都吐出一口气来。

人们给族长埋了一个很大的坟堆，它整整比族长第一位老婆的坟堆大出一倍。再后来，不知是谁传出一个话，说族长是一个长生不老的人，他的血肉烂在泥里，取一点泥土就可以保佑世上的人。

远远近近的人都到那个坟堆上去取土，不久那儿也就成了平地。而那坟址再也没有生出一点绿色来。

那个族没有了族长的管束，就常常争吵，一支人与另一支人打闹不息。后来竟然分化成几支队伍；再后来，他们从荒原直打到黄河边；几年后，他们又沿着来路打回老家去了。

现在那一族人不知有没有；如果有，也一定是些非常矮小的人种了。

……

两个故事都有些滑稽，并且差异甚大；只有一点是相同的，那就是：所有人都崇拜王血、供奉王血。

 牵手阅读

　　荒原之上，多处圆形空白的存在，引出了一个关于"王血"的传说。原来这里是所谓大王的归天处，王血有毒，竟致寸草不生；也因此，王血被看成避邪之物，使得人们争着取血供奉。在这个传说之后，作家接着又讲了一个老族长的故事。老族长是家族中的大王，独断专行，老而不死，让族中人恨恨不已。他最终死于族人之手，结局与大王颇为不同。然而正如文末所言，两个故事有一点是相同的：在他们死后，其血肉仍被人们视为圣物供奉，以备避邪之用。

　　其实，无论是浓血汩汩的大王，还是干枯无血的老族长，都不过是血肉之躯，是并无多少奇才异能的普通人。人们因为不真正了解，才如此这般地尊崇他们、敬畏他们。他们活着的时候，有神秘感尚可理解，而在其死后，人们仍要取血撮土供奉之，则纯属毫无必要的崇拜和自欺欺人的迷信。在此，作家握笔如剑，戳穿了某类强权者虚假、脆弱的本质，削除了他们头顶的光环，也深刻地揭示了底层民众苦难的根源，那就是：普遍的蒙昧、懦弱和私心。

四 故事

谁有资格上仙岛

　　我想让她听一个故事——那是一则关于动物的故事。我原想讲一下那个小海神的故事，可她已经听过了。我只好求助于记忆，极力回忆外祖母讲过的每一个故事。

　　最后我还是想起了那个岛：小海神曾经迷恋过的仙岛。与仙岛连在一起的故事还有很多呢。那是怎样的一个岛啊，美轮美奂，几乎所有的生灵都盼着能去岛上……

　　"很早很早以前，我们这片海滩丛林里有一个动物的'村

庄'——"我像当年的外祖母那样开始自己的故事，"'村庄'
里也有自己的头儿，有它们的'大姐大婶叔叔奶奶'。年长的
也告诫自己的孩子和兄妹：不要做坏事，不要到人的园子里去
偷果子和香瓜，如果做了，就是小偷。那个最年长的动物是一
个棕色的兔子，它把所有的孩子都召集起来，一共几十个，聚
在一棵大槐树下，说：谁没有做过坏事就到我身边来。它一连
说了好几遍，没有一个小兔子敢走过去。为什么？就因为它们
回想做过的事儿，发现自己不是偷过邻近园子里的浆果和香
瓜，就是打过架。它们没有一个敢理直气壮地站到老爷爷身
边。因为老爷爷每年都要带一个完美无缺的孩子到岛上去——
那个岛上鲜花遍地，百灵鸟一天到晚唱歌。那儿聚集了天地间
各种各样最优秀的动物，谁能到那儿去，将是终生的幸福。大
家可以随意采摘果子，喝甘甜的长生泉，在长长的芭蕉叶子下
面歇息，听琴树弹奏，看仙鹤跳舞。所有动物都知道那个仙岛
有多么幸福，都渴望有一天能成为岛上的居民。它们不断叮嘱
自己、鼓舞自己。当一种诱惑来临时，它们就说：千万不要做
坏事啊，我们要到仙岛上去呢……尽管这样，还是压不住心底
那种奇怪的念头。因为每个动物心底都有许多念头，一个动物
要做什么就由这些念头管着，好念头占了上风就做好事，坏念
头占了上风就做坏事。偷果子、到林子里糟蹋鲜花、爬到树上

咬没有成熟的橡实、欺侮幼小的伙伴——这些都是因为坏念头涌上来……

"有一个最美丽的小白兔子，大家都喜欢它，它也是长辈最喜欢的一个小宝贝。大伙儿都用羡慕的眼光盯着它。它吃最好的果子，喝最甜的泉水，周身上下散发着薄荷香味。谁都想不到它也会做坏事。有一天长辈把大家召集起来，又问：谁是完美无缺的？快告诉我，我好带它到岛上去。停了半晌，还是没一个搭腔。再到后来长辈就指着那个小白兔说：那么就剩下我们俩一起走了……大家都没有异议，因为都知道那个小宝贝迟早是要被送到仙岛上去的，这是明摆着的。瞧它身上连一根杂毛都没有，甚至连一个喷嚏都没打过。可是正这会儿小白兔呜呜地哭了。它请求老人不要带它走——因为那些有缺陷的、做过坏事的，过海时就会沉到水里，捞上来以后就变得丑陋不堪。这也是所有动物不敢隐瞒的缘故。小白兔哭着，说它也做过坏事儿——有一次它看到一个伙伴和邻居家的小男孩一块儿玩，就产生了嫉妒心，后来它就离间了他们——于是那个伙伴就永远离开了这里的丛林，流浪他乡。它说到这儿，大伙都想起这里走失了一个伙伴，但从不知道是为了什么。这会儿大家一齐哑嘴、叹息。因为都知道，离间和中伤，是所有罪行中最厉害的一桩。尽管那个老长辈最喜欢这个小白兔，一心想让它

去那个仙岛，可是这时候也不得不忍痛割爱了。它最后捋了捋
胡须说：'孩子们，你们知道吗？那个岛上除了原有的动物，
到现在还没有一个新居民呢。'大家都惊讶了，一齐问为什么？
老人说：'就因为天底下还没有一个完美无缺的动物，大家都
多多少少干过一点坏事儿……'"

两条恶龙

廖若蹲在岸上，一直看着海雾迷茫的远处。后来他咬着嘴唇问："那里面，有个小岛……叔叔知道吗？"

我摇头，不知他指哪个岛。

廖若低低头，像是在镇定情绪。一会儿他抬头望着远处："妈妈讲过，那上面一个人也没有，只有一些小动物。有兔子、刺猬什么的。小岛上全是沙子和石头，上面有很多花、草和树。小岛上还有一种动物，叫穿山甲……"他看我一眼，又说："穿山甲真的能够穿过大山！石头那么硬，它能咬得动石头！可惜我只在电视上见过那种动物，它浑身锃亮，全身盔甲，有什么一动它就缩起来，紧紧地缩在一块儿……"

我向远处的迷茫望去，看不到那个小岛的影子。

廖若还在喃喃自语："小岛上没有人烟，永远也不会有。岸上的人有船，可谁也不知道小岛在哪儿。它被掩在雾里，雾散了，小岛也散了。有一天晚上下大雨，雨把雾全洗干净了，天一亮就闪出了那个小岛。我们驾着小船，使劲划桨。小船上有我们全家……我想让小船多装一个人。妈妈和爸爸说该把你那些同学也叫到船上来——妈妈说船这么小，只加一个人，你叫谁呢？当然是唐小岷……"

我想到了他那天梦醒了呼喊的船，就留意听着。

廖若说到这儿声音高起来："小岛真的有，它就在海里，我们都去过——这是一个秘密，我只跟你说。包学忠一直想把唐小岷骗到那个岛上，其实是绑架……我害怕。他说这不算什么。我怕提她的名字。他一个劲儿问：想不想？想不想？还说别让那个'小苹果孩'把她独吞了……"

他一直说到全身颤抖。我不知怎样安慰他。他转过脸仰视我，一声不吭地盯住，像在下一个决心。他哭起来："叔叔，那一天在岛上包学忠和我一块儿计划了，可我没干，真的没干。后来事情就发生了……"

"发生了什么？"

"我不知道，我什么都不知道……"

他的目光又落在遥远的那片迷茫上，继续自己的喃喃自语："妈妈说叫我最好的同学都上船来，要不去了岛上就会孤单……小船嘎吱嘎吱响，大浪哗哗扑过来，我们都没事儿。小船有个底仓，我和唐小岷、骆明，还有怡刚在一块儿。有人晕船呕吐了，是妈妈。我攀上去一看，妈妈的脸蜡黄蜡黄。船摇晃得厉害，爸爸说为什么不把帆落下来？帆落下桅杆还在摆动，这样船要翻的——爸爸咔咔砍断了桅杆。这只船有一百年了，拉帆的滑轮都是木头做的，一拉绳子吱嘎吱嘎响。唐小岷也开始吐，吐了一些绿色的水。她像一只小兔子，吃的尽是一些青草和瓜，她把这些东西吐出来就好了。我让她喝糖水，骆明拦住了。我不知他为什么阻止唐小岷吃东西。她要饿坏了。

"离小岛还有一百米，看得越来越清楚了：有树、有野花、还有红果，我们闻见了它的香味。大鸟尾巴有好几尺长，每一只大鸟都像一朵大花。它们落在树上，在阳光下羽毛发亮。小岛上空有一道彩虹，彩虹上面是一些人。他们打扮古怪，用白布缠着脑壳，牵了骆驼……唐小岷说这是从大海的另一面映过来的，它们在很远的大洋那边。我们都同意她的说法。看上去离岛这么近，其实远着呢。划呀划呀，爸爸的胳膊都肿了。妈妈让我们替换爸爸。他的腿流着血：原来刚才两条黑龙把头搭在了船舷上，伤了他。爸爸把东西抛下去喂它们，它们才放船走开。我和怡刚、骆明三个人一块儿摇橹。爸爸的腿还在流血，妈妈给他敷药。一会儿船又动了一下，船头又碰上了黑咕隆咚像骨头一样的东西——它从水里冒起来。妈呀！我吓得把橹扔了。

"它们慢慢从浪里探出了头——我看到了两条青面獠牙的黑龙，它们原来这么丑……'它们还要什么？'妈妈说仓里没吃的东西了。老龙盯紧了唐小岷。怡刚把唐小岷驮上来了。她什么东西都吐光了，脸白得像纸，头发披在肩上，像一条小美人鱼。黑龙咽了一口唾沫。我喊爸爸。爸爸让我们都到甲板的那一边去，他用身子把大家挡住。妈妈哭起来。黑龙牙齿咔啦咔啦响，那是牙齿相撞的声音。它们要把这个小船掀到水里——小船离那个岛已经不远了，只要上了岛它就没办法了。我们都盼小船快些到。两条黑龙咔嚓咔嚓碰着牙齿。这时爸爸突然喊了一声，跳到了海里……小船四周立刻漂起彤红的血。妈妈哭着喊着，所有人一块儿喊……"

廖若哭成了泪人，好像这一切真的发生过。"爸爸的血染红了一片。我们一边哭一边摇橹。摇啊摇啊，那个小岛眼看就要到了。摇啊摇啊，摇啊摇啊。可是一会儿船又不动了。那两条黑龙又把小船卡住了。怎么办？怡刚和骆明，还有唐小岷，都吓得发抖。妈妈抱着我，把我按在胸口亲了亲，也跳进了海里……

"唐小岷吓得昏过去了，骆明抱着她。船又颠了一下。我们躲过一个大浪。那两条黑龙又出现了，牙齿又咔嚓咔嚓响了。骆明盯着我。他盯了我一会儿，就放下了小岷。我们谁也没有推他，真的，是他自己跳下了大海。只有我们三个人了。怡刚摇橹。马上要登上小岛了，我一伸手就能抓住树丫。可这会儿才发现：靠岸那儿还有两条黑龙，它们大眼瞪着我们，咔嚓！

咔嚓！我抱着唐小岷躲进船舱那一会儿，怡刚被恶龙一口吞食了……

　　"最后只有我和唐小岷逃上了小岛……"

飞 鸟

对于小岷而言，无论是当时还是后来，关于那个海岛的美妙传说一直不能忘怀。她一度想搞明白的是：它仅仅是一种"传说"吗？在这个至关重要的问题上，她不愿听到模棱两可的回答。她反复询问乡下奶奶：真的有仙岛和小海神吗？

奶奶说：这个故事，还有旱魃和雨神的故事，都在平原上流传了几辈子，从来没人怀疑过它们的真实性，只不过这些年没人讲罢了。

为什么就没人讲了？

奶奶说因为现在的人没有了讲故事的心情。说着长叹一声：现在做个孩子啊，连个像样的故事都听不到了！现在的孩子啊，说不定会遇上什么！老人抚摸着小岷的头发问："你如果有一天到了远处——人这一辈子说不定什么时候就会流落他乡——到了那一天，你还能像故事中的那个孩子一样，千辛万苦找到回家的路吗？"

唐小岷愣了，说奶奶你怎么了，你可别吓唬我啊，我这么大了还找不到回家的路吗？

奶奶又叹口气，说故事里的孩子发了疯地逃奔，有多么可怜哪！那不会是假！无论什么时候，只要是混乱年头，都是先苦了娃儿啊，都有疯跑的娃儿啊。你要不信故事，也该信眼前的事——老奶奶长长叹气说："就在前些天，前庄里还逃回来一个孩子。苦命的娃儿啊，没声没响六年了，家里人哪还有什么指望。谁也想不到六年里这孩子一直在逃，没命地逃哩。如今他总算找到家了，想想看吧，全家人该是多么欢喜……"

小岷知道奶奶说这些的时候，心里一直在想自己的疯儿子——她怕自己的儿子终有一天会找不到家。她难过得差一点哭出来，却又不敢说。

奶奶抹抹眼睛，讲起了刚刚发生在前庄的那个故事。

那个疯跑的孩子也是一个男孩，叫京子。京子刚刚两三岁，因为家里年景不好，就随爹妈去了关东。老家只剩下了爷爷奶奶，两个老人想孙子啊，可没有办法。京子离家时对爷爷奶奶说：我一到春天就回家来！

话是这么说，谁知到了东北的头一年，有一天京子跟爸去赶集，在人流里走散了。他只不过在野糖摊子跟前站了一会儿，一转脸爸就没了。他大哭大叫喊爸，却喊来个脸上有疤的男人。他笑模笑样地答应领他去寻爸，谁知抱起他就蹿出了人流，一口气蹿到了村外。无论京子怎么哭都没用了，脸上有疤的人要把他卖了！那狠心人一连找了三个买主，都嫌出价太少。黑心肠的家伙就当着他的面论价。第四个买主谈成了，是个一辈子没有老婆的皮匠，满脸都是横肉。京子见了他吓得大气不敢出。

头一个月里，尽管京子被绳子拴了，也还是逃了三次。三次都被捉回来，打得皮开肉绽。有一天皮匠说：这么着吧，我估摸你在我手里反正也养不活，干脆给你找下个新主儿吧！

说过这话没几天，皮匠起了个大早，把京子牢牢捆起，又蒙了眼罩，装到了一口有孔的木箱里。一辆吱嘎乱响的破汽车拉着他走了三天，又换了另一辆破车走了几天。不知第几天上他给放出来，一解蒙眼布两眼刺疼。京子喊渴啊渴啊，立刻有人递来一碗水说：我孩儿咱可不敢让你渴着，咱是花了大价钱才把你弄来的哩！

那个皮匠不见了，新主儿是一对夫妇，人和气多了。不过无论他们说什么，京子只是哭，他想爹妈，想爷爷奶奶。他喊着：送我回家！送我回家！夫妇俩说：好娃儿，你是从关外来的哩，你的家到底是哪俺也不知道哩，还是在这儿好好过下吧，俺就是你的父母，咱保准一辈子也不亏待你。

他们真的对京子不错。可京子一门心思只想离去，脑子里转的只是一个字：跑。

可怜这孩子离家时太小了，他哪里知道自己村庄的名字，连现在身处何方都不知道。其实他是被人贩子从关外卖回了关里。

新主儿还算好人，他们不光不虐待他，还总想感化他。京子装着安下心来的模样，不久主人的提防也就松弛了。就这样他终于得了一个机会，一撒丫子跑了。

他这次逃得比上几次容易多了。

他一口气跑了十几里路，停下脚才去想下一步该逃向哪里？难的是他不知道爷爷奶奶的名字，也不知道村庄的名字，更不知道关外爹妈在哪里落脚。这一下可难住了，京子在野地里哭了半天，爬起来就痴痴地往前走。他只是明白：今生到死也要找回自己的家啊。他问啊，找啊，比画着爷爷奶奶和爹妈的模样，还有村庄的模样……路上的人全都听不明白。小京子哭一场又一场，只是不悔。

一个四岁多一点的孩子，赶路、讨要、急一阵慢一阵地蹿，野地山川都是家。这是一只失了窝的鸟儿，风里雨里飞啊，歪歪斜斜地飞啊。

就这样，小京子浑身都是泥巴、草叶，遇上大雨天也不避开，就让那倾盆大雨可劲儿冲，冲出个全新的娃娃。他受了多少苦楚、多少折磨，撕烂了多少衣服，真是三天三夜也说不完。好心的人家给口吃的，给一件破衣服，就这么接济着过完五冬六夏。

六年的时光说长也长，说短也短，谁能想出这娃儿是怎么活下来的？真是天底下的事儿只有说不到的，没有做不到的，这娃儿硬是从千难万苦中挨过来、挺过来，人长高了，长得像半大小子了。他生出了一对大双眼皮儿，头发黑得像锅底。只是风吹日晒，一身的皮儿都黑里渗红，亮亮的分外讨人喜欢。几年里又有三两个孬人想打他的主意，可这回他们遇上的不是原来的娃儿了，这娃儿小小年纪已经跑啊逃啊有十次八次了，还怕什么？他什么坎儿都过来了，脚上的老茧少说也有橘子皮厚。

第六年的一个秋天，天刚刚变凉，熬过苦夏的人恣了，他们没事就凑在一块儿取乐。那时大场院刚收了麦子还没派上别的用场，正好用来做耍场。夜间围上的人才叫多哩，他们吹吹打打，扮粉脸儿唱戏文，直闹上半宿。京子最愿找这样的地方，他在野地里跑蹿，只要远远地听见有吹拉弹唱的，就迎着一阵疯跑。这些年别的没练成，两只脚可算有了功夫，在野地里蹿，两手一张就像一对翅膀，那简直是飞啊。就仗着这个功夫，他不知逃离了多少危难。只要听到风里传来演奏声，他立刻就能辨出一个准确的方位。他跑那个快啊，一眨眼就赶到了。

他来到一个场院上。人群中央有个老爷爷吹唢呐，直吹得小京子泪流满面。这唢呐声特别能让他流泪。他一闭眼就是唢

呐响，因为他打小至今只记住了爷爷的唢呐呜呜啊啊响。他哭了一会儿止住了眼泪——苦命的娃儿啊，越来越觉得这唢呐不是别人吹出来的，正是自己爷爷哩！他立马大叫起来，一边叫一边往前一阵猛拱，惹得满场人好恼。

小京子喊着爷爷爷爷，一头抢在了唢呐老人的怀里。小京子早不记得爷爷的模样了，只记得唢呐。老爷爷也不认得如今的孙子了，可是孩子扑上去一哭，老爷爷的心就一揪。老人细细问着孩子的来龙去脉，然后把唢呐一扔，大嚎一声说：这不是我那心肝娃儿又是谁哩！

老人哭着，全场人这会儿全明白了，都跟着哭。老人又问孩子从哪个鬼地方逃出？孩子说逃出有六年了，就是从平原上的那个村子里。

众人一听都叫起来——你知怎的？那村子离这儿不多不少正好五里地！也就是说，五里地让这娃儿整整跑了六年！世上的事儿就是这么古怪啊，世上的事儿就是这么稀奇哩！

六年啊，京子的爹妈都哭坏了眼、哭绝了气。

这就是前庄里刚刚发生的一件奇事，它近在眼前：从天上掉下个孩子来……

歌 手

　　亲爱的孩子，再不要流那么多的眼泪，再也不要……因为没有人害怕眼泪，哪里也不需要它。它已经多得汇成了海洋：你们蘸一下试试就知道，海水和泪水是同一种味道。孩子，再不要哭泣了，也不要乞求。请相信自己的力量，这个世界最终难以忽视你们的声音。再说我们已经没有时间哭泣。

　　我该说些什么？我该怎样表达此刻的心情？

　　就让我讲一个故事吧，一个短短的故事。

　　这个故事许多人都知道，从来没人怀疑它的真实性。我在遥远的异地也听过这个故事，可见它流传得既广且远，许多人都把这个故事记在了心底……

　　从前——但不是很久的从前，这儿曾出现过一个歌手。他携着一把琴走遍了山冈平原。这个歌手不是一般的歌手，唱出的也不是一般的歌。他不是逢年过节为官人和富人嗲声嗲气唱颂歌的那一类，那样的歌手连粪土都不如。他的歌声是将人的心声汇合了水声和风声，再集合起河水、森林和山谷的声音，从此就变成雄浑宽阔的一条大河，所以他就有了海浪一般摧枯拉朽的力量。他的歌又像一只柔软的手掌，能让人抬起头来，

不再哭泣。久而久之，人们已经无法离开这样的歌唱，就像每天都离不开食物一样。那些贫穷的人迷恋他、跟着他，后来无论他走到哪里，都有人跟随他，和他一起歌唱。

他唱出的声音能够直接钻到人的心里，所以才有一种无可比拟的神奇力量。他走到哪里，只要一张口，就一定会牵动许多人。看看吧，他身边总是人山人海。在夜间，他们点起篝火歌唱，唱啊唱啊，奇怪的是嗓子永远也不会沙哑，目光亮得就像闪电。篝火照得通天明亮，有时人们通宵不睡，随着他一起用歌声迎来黎明。他怎么歌唱？他歌唱时总要挥起胳膊，长头发被风吹得像火焰在燎动；他的手臂向一边摆动，所有的人都向一边摆动；他的两手一抬，篝火四周的手掌就呼一下伸出，举成了一片森林。

这个歌手终于让一些恶魔害怕了。一天黄昏，篝火刚刚点起来，恶魔们就派去大批持枪携刀的人。他们先是藏了武器潜在人群中，然后慢慢向篝火旁靠拢。夜已经深了，这正好是一个大声歌唱的时刻，歌手放开喉咙，一场人如痴如醉。刽子手渐渐逼近了，突然就亮出枪械，喝令：立即停止，闭上你的嘴巴。

歌手就像没有听见，继续弹琴，引吭高歌。

刽子手就把他的琴夺下来，在膝盖上噼啪一声磕成两截。

都以为这一下歌手该停止歌唱了，因为没有这把琴，歌手就难以开口，这琴从来都是他的命根子，跟随他走遍了万水千山，他已经与之不能分离须臾。

刽子手有的站成一圈包围了歌手，有的阻挡着人群。

可是站在大火旁的歌手仍旧啊啊大唱——没有琴了，他就高举两手，两臂伸向天空，疯狂地一边挥舞一边歌唱。

汹涌的人流也跟上他，也像他一样挥动胳膊。

刽子手扭住他，把他的两只手砍去。血立刻湿透了衣袖、染红了胸膛。这时他依旧挥动两只光光的胳膊，继续高歌。

歌声像滚烫的热流一样不停奔涌。人群的吼唱汇成雷鸣，震得大地发抖。刽子手被强劲的声浪淹没了，击荡得肝胆俱裂，有的倒地而死，有的被涌上前来的人群踩死。

他仍旧还在唱、唱，一直到流尽最后的一滴血⋯⋯

后来⋯⋯后来⋯⋯

后来所有洒过血的地方都开放了一种野花，它们红得像火。到了深秋，花谢了，又结出一种红色的果壳。风起了，它们在风中发出尖利的嘶鸣和嚎叫，整夜整夜都是它的呼号——人们说这就是他，是那个歌手在弹琴唱歌⋯⋯

这就是那个故事，它告诉我们：只要灵魂的歌声永不停歇，魔鬼就会在歌唱中丧魂落魄，直到灭亡⋯⋯

"那个歌手——那个被砍去了双臂的歌手，他来过我们这儿吗？"

"来过。他就是我们这儿的人。只要是有人迹的地方，他和他的歌声都到达了、穿越了，并且留下了自己的足迹——这足迹永远都看得见。"

"真的？"

"真的。你和伙伴们一定去过那座海蚀崖，还记得春天和夏天的情景吗？那时候你如果站在山崖上，从山的漫坡往东看，整片整片的绿草间都开满了紫红色的花。它们先是一点一点，像小火苗儿，而后就越来越密，直到把整片草原都点着了——这种花颜色浓烈，红得像火……孩子，这就是那个歌手走过的地方，是他的血……"

　　《谁有资格上仙岛》的故事说：天底下还没有一个完美无缺的动物，大家都多多少少干过一点坏事儿。动物如此，人不也一样吗？每个人多多少少都干过坏事，因而承认错误是一种勇敢，也是应该的。认错，并且改正，是人通向成熟和完美的必经之路。

　　在《两条恶龙》里，少年廖若讲述了自己幻想的故事。这是一个献祭于恶龙的故事，说的是自己的亲人、朋友一个个跳到海水中，被恶龙吞噬了。这样的故事光是想一想也觉得可怕，但它告诉我们，勇于牺牲，前仆后继，才会有人抵达成功的彼岸。

　　《飞鸟》是一个关于逃亡的故事。被拐卖的男孩经过长达六年的逃亡和寻找，终于和爷爷神奇地巧遇了。这个故事谱写了一曲人生传奇，这传奇因为出自一个小男孩，所以格外令人动容、令人慨叹、令人唏嘘。这传奇也能唤起我们对于苦难与命运、信念与执著的思考。

　　《歌手》的故事告诉我们：正义与美是不可毁灭的，也是永远不死的。这故事，是一个灼热的激荡人心的童话，也是一首壮美的抒情诗。

图书在版编目（CIP）数据

山地一夜/张炜著；洪浩选评.—济南:明天出版
社,2017.11
（张炜文学名篇少年读本）
ISBN 978-7-5332-9523-3

Ⅰ.①山…　Ⅱ.①张…　②洪…　Ⅲ.①短篇小说-
小说集-中国-当代　Ⅳ.①I247.7

中国版本图书馆CIP数据核字(2017)第269316号

Zhangwei Wenxue Mingpian Shaonian Duben
张 炜 文 学 名 篇 少 年 读 本
ShanDi Yiye
山地一夜

著者/张炜　　选评/洪浩

出 版 人/傅大伟
出版发行/山东出版传媒股份有限公司
　　　　明天出版社
地址/山东省济南市万寿路19号

http://www.sdpress.com.cn　http://www.tomorrowpub.com
经销/新华书店　　　印刷/山东德州新华印务有限责任公司
版次/2017年11月第1版　　　印次/2017年11月第1次印刷
规格/155毫米×210毫米　32开　8.25印张　132千字
印数/1-25000
ISBN　978-7-5332-9523-3　　　定价/22.00元

如有印装质量问题　请与出版社联系调换　　电话：(0531)82098710